KB262164

팔황지로
八荒之路
단극 新무협 판타지 소설
FANTASTIC ORIENTAL HEROES

팔황지로 5
단극 新무협 판타지 소설

초판 1쇄 찍은 날 § 2013년  4월 18일
초판 1쇄 펴낸 날 § 2013년  4월 24일

지은이 § 단극
펴낸이 § 서경석

편집부장 § 권태완
편집책임 § 박가연
디자인 § 신현아

펴낸곳 § 도서출판 청어람
등록번호 § 제1081-1-89호
등록일자 § 1999. 5. 31
어람번호 § 제2-2328호

주소 § 경기도 부천시 원미구 심곡2동 163-2 서경B/D 3F (우) 420－822
전화 § 032-656-4452  팩스 § 032-656-4453
http://www.chungeoram.com
E-mail § chungeorambook@daum.net

ⓒ 단극, 2012

ISBN 978-89-251-3258-7 04810
ISBN 978-89-251-3078-1 (세트)

# 八荒之路

## 팔황지로

**5**

[완결]

단극 新무협 판타지 소설

FANTASTIC ORIENTAL HEROES

# 目次

第一章
선언(宣言)

팔황지로
八荒之路

무엇을 위해 태어났고,

무엇을 위해 살아온 것일까?

아직 진호는 그 해답을 찾지 못했다.

살아갈 이유는 충분했다.

반드시 해야 할 일 또한 눈앞에 있었다.

복수.

아직 지독히도 붉은 복수의 길은 끝나지 않았다. 이제 겨우 몇 발을 내디뎠을 뿐이니까.

하지만 무신의 물음에 답하지 못했듯, 진호는 아직 그 이후를 바라보지 못하고 있었다.

아이들을 만나기 전 살아왔던 과거에 아무런 의미를 부여하지 못하듯, 복수를 끝내고 사부들의 열망을 이룬 이후의 미래 또한 보이지 않았다.

솔직히 그것이 뭐 그리 중요하나? 라는 생각도 분명 마음 한구석에 자리하고 있었다. 하지만 사부들은 말했다. 자신에 대해, 스스로가 갈 길에 대해, 그리고 스스로의 모습에 대해 명쾌한 답을 내리지 못하고는 절대 상승의 경지 너머로 닿을 수 없다고. 자신들이 닿은 길에는 도달하지 못할 것이라고.

진호는 아직 그 말을 다 이해하지 못했다. 분명 의미의 편린 정도는 가지고 있었지만 그 편린들을 모은 앎의 경지에는 달하지 못했다.

보고 싶은 것만을 보아서는 절대 나아갈 수 없다.

사부들은 그렇게 말했다.

그렇다면 진호 자신은 도대체 무엇에 눈을 돌리고 있다는 말인가?

생각을 해봐도 그저 고개만 가로저어질 뿐이었다.

하지만 스스로가 부족하다는 사실만은 너무나도 뼈저리게 알고 있었다.

강해지고 싶다. 강해져야 한다.

진호의 심상 속에 쐐기처럼 박혀 있는 말들이었다.

삶의 이유들은 모두 그 말의 연장선상에 있었다. 강해지지 않고서는 그 무엇도 이룰 수가 없을 것이다.

각오.
이미 각오는 되어 있다.
희망적인 관측 따윈 하지 않는다.
이뤄지리라 확정되지 않은 미래 따위는 염두에 두지 않는다.
그런 상태에서 가진 힘은 모자랐다.
냉정하게 평가할수록 모자람만이 더욱 대두된다.
물론 모자라다고 생각하면 이렇게 전면에 나서기보다는 몸을 숨기고 수련을 하며 충분히 강해질 언젠가를 기다리는 방법도 있을 것이다.
하지만 그건 단순한 도피다. 그래서는 평생이 흘러도 목적지는 요원할 뿐이다. 말 그대로 어려움을 피해 눈을 돌리는 것에 불과하겠지. 사부들이 그렇게 말했고, 자신 또한 분명 그것을 체감하고 있었다.
그렇기에 가진 것을 끌어 모았다.
어떤 상황이 와도 헤쳐 나갈 수 있도록.
도원향에서 사부들에게 정말 많은 것을 배웠다.
물론 그 배운 것들이 앎을 넘어 숙달의 경지에 달하지는 못했다. 하지만 예전 남호상의 중독을 치료했던 독황의 집독법과 같이 완전하지 못하나마 운용할 수 있는 것들이 있었다.

그것만으로도 몇 가지를 더 인식할 수 있었다.

자신은 생각보다 더 많은 것을 알고 있다는 것. 그리고 사부들인 팔황은 정말 인지의 너머에 존재한다는 것을.

필사적으로 가진 것을 끌어모으고 나서야 얻을 수 있었다.

각오를 넘어설 조금의 확신을.

그 확신을 뒷받침할 힘을.


＊　　　＊　　　＊


사방은 싸한 공기로 뒤덮여 있었다.

그 넓은 무림맹의 대연무장이 그야말로 고요 속에 잠겨 있었다.

사람들의 입이 모두 잠긴 그 모습은 폭풍전야의 침묵과도 같았다.


"나는 정명(正命)한 복수자다."


천둥처럼 쩌렁 울리는 한 사람의 목소리만이 여운처럼 감돌고 있었다.

"이 복수를 가로막는 자들은, 죄를 받아야 할 자들을 두둔하는 이는 적이다. 앞을 가로막는 이는 누구든 부숴 버릴 것이다. 그것이 설사 중원 전체라 할지라도."

그의 말은 강렬했다. 그리고 신장(神將)과도 같은 힘이 어려 있었다.

또한 지독히도 오만했다. 어찌 거대 세력을 갖추지 않은 일개 무인의 입에서 저렇게 담대한 말이 나올 수 있는 것인가? 복수를 방해한다면 중원 전체라도 용서치 않겠다는 말을 어떻게 저리 쉽게 할 수 있단 말인가?

목소리가 품고 있는 힘과는 별도로 그의 말은 엄청난 파급 효과를 자아냈다.

단상 아래의 사람들은 도대체 어떤 일이 일어날지 몰라 숨소리조차 내지 못한 채 상황만을 주시하고 있었다.

단상 위의 청년, 진호의 말이 사리에 맞음은 잘 알고 있었다.

분명 그의 말이 사실이라면 그의 복수는 지극히도 정당하다. 그렇게 수많은 사람이 원통하게 죽었다면 분명 그 원수를 갚는 것은 무림인으로서 당연한 일일 것이다.

하지만 그 대상이 강호의 정점에 군림하는 오가의 일좌, 황보세가라면 이야기가 달라질 수밖에 없었다. 감히 누가 황보세가에게 죄를 물을 수 있겠는가?

그런데 눈앞의 저 청년은 황보세가에게 그들이 지은 죄를 징치하겠다고 선포했다. 그것도 무림맹의 한가운데서, 이렇게 많은 사람들이 있는 자리에서.

물론 강호에도 정의(正義)라 불리는 것은 있었다. 하지만 그 정의는 어디까지나 그에 걸맞는 힘 아래서만 통용되는 말이었다.

멀리 가지 않아도 방금 전 있었던 중현문의 경우만 보아도 쉽게 알 수 있었다. 여기 자리한 대부분의 이는 중현문이 분명 억울한 일을 당했다는 사실을 알고 있었다. 하지만 누구도 나서지 않았다. 그들은 힘이 없었고, 그렇기에 정의에 도움받기는커녕 그릇된 정의의 이름 아래 오히려 낭패를 당하고 말았다.

아마 지금 사람들 눈에는 진호의 모습 또한 억울함을 토로하던 중현문주의 모습이 겹쳐 보일 지도 몰랐다.

하지만 그의 입에서 터져 나오는 당당함이, 그리고 쩌릿쩌릿하게 퍼지는 그의 기세가 사람들로 하여금 알 수 없는 기대감을 품게 하고 있었다.

답답하고 그릇됨을 알고 있어도 목소리조차 내지 못하는 현실을 뒤집어 버릴 어떤 기대감을 가지게 하고 있었다.

진호는 침묵에 둘러싸인 사람들을 지긋이 바라보았다. 그 시선 끝에 남운령과 전후영 또한 있었다. 진호는 슬쩍 시선을 돌리며 다른 방향을 가리켰다.

[이제 시간이 되었습니다.]

진호의 전음에 남운령의 눈썹이 크게 휘었다.

[아무리 생각해도 여기서 진 소협을 도우는 게 좋을 것 같아요.]

그녀의 얼굴은 흥분과 긴장으로 상기되어 있었다.

그리고 가늘게 뜬 그녀의 눈동자에는 걱정이 가득 차 있었다.

진호는 고개를 저었다.

확고한 그의 얼굴을 바라본 남운령은 무언가 불만이 잔뜩 어린 눈을 하더니, 이내 마음을 굳힌 듯 몸을 틀어 전후영과 함께 인파 사이를 빠져나갔다.

이미 약속된 상황 중 하나였다.

지금부터 어떤 일이 있을지 알 수 없었다. 쌓아놓은 계획은 어디까지나 조력의 역할일 뿐. 지금부터 벌어질 일은 예상할 수 없었다. 말 그대로 인지 밖의 영역, 혼돈이 가득한 영역인 것이다.

말 그대로 적지 한가운데가 될 수 있는 상황이라면 두 사람은 여기에 있는 것보다 밖에서 상황에 맞는 대처를 하는 것이 훨씬 효율적이다. 진호는 그렇게 두 사람에게 통보했고, 불만 어린 말투로 답했지만 그들도 납득할 수밖에 없었다.

물론 정확히는 어떤 일이 벌어질지 알 수 없기에 두 사람을 밖으로 빼낸 것이지만.

남운령은 분명 강하지만 이렇게 사람이 밀집된 곳에서 그녀가 힘을 발휘하긴 힘들었다.


"하!! 네가 죽고 싶어 환장을 했나 보구나. 그래, 그게 필생의 소원이라면 내 지금 당장 들어주도록 하지."

잠시간의 침묵을 깨버린 것은 지옥의 야차처럼 일그러진 황보격의 고함성이었다.

분노로 물든 그의 얼굴은 피가 쏠릴 대로 쏠려 검게 보일 정도로 붉어져 있었다.

황보격의 전신에 황금색 서기(瑞氣)가 아지랑이처럼 피어오르고 있었다.

황보세가의 절공(絶功) 황금사자투기의 빛이었다. 과연 무림맹의 원로 자리를 공으로 차지한 것이 아닌 듯 그 황금빛은 유난히 짙고 뚜렷했다.

진호는 빙글 몸을 돌리며 그와 시선을 마주했다.

낮게 뜬 진호의 눈 밑으로 한줄기 조소가 어려 있었다.

“할 수 있다면 얼마든지.”

“네놈!!”

“호법 장로, 너무 흥분하신 것 같소. 진정하시오.”

“남궁세가는 뒤로 빠지십시오. 이건 본가의 일입니다.”

황보격은 과열된 분위기를 걱정하는 말을 거칠게 뿌리쳤다. 지금이라도 터져 나갈 듯 시뻘겋게 충혈된 그의 눈에는 진호밖에 보이지 않는 것 같았다.

진호는 짝다리를 짚고 비스듬히 서 황보격에게 조소를 보냈다.

“내가 분명 말했지. 정명한 복수를 막아서는 것은 그 무엇이라도 박살 내 버리겠다고. 거기에는 그 누구도 예외는 없지. 이의가 있나? 그럼 덤벼보라고. 얼마든 상대해 줄 테니 말이야.”

“그래! 어디 한 번 나도 박살 내 보아라!”

“원한다면 얼마든지. 암중에서 일을 꾸미는 비겁한 너희들과는 정면으로 상대해 주지. 정정당당하게 말이야.”

진호의 말에는 짙은 비웃음이 어려 있었다.

“…네놈이 뚫린 게 입이라고 잘도 혀를 놀리는구나!!”

드디어 분노의 임계점을 돌파한 것인지 다른 이들이 끼어들 틈도 없이 황보격의 신형이 일순 사라지듯 앞으로 쇄도했다. 그가 내디딘 발아래 단상은 그 충격만으로도 움푹 내려앉을 정도였다.

황보세가의 장로 이상만이 익힐 수 있는 절기 노도사자권(怒濤獅子拳)의 주먹이 막강한 경력을 머금고 닥쳐왔다.

마치 폭풍이 몰아치듯 권격이 사방을 압박했다. 어느 하나 허초로 보이지 않았다. 그리고 그 주먹에는 황금사자투기의 기운이 가득 담겨 있었다.

'과연……'

단상 위의 원로들은 폭풍 같은 그의 주먹을 보며 낮은 감탄사를 내뱉었다. 그리고 그들의 눈은 그 공격에 맞설 진호의 대처에 향해 있었다.

진호의 움직임은 간결했다.

역 낙뢰보를 밟아 뒤로 일순 몸을 빼고는 다시 한 번 낙뢰보의 수로 몸을 앞으로 날렸다.

뒤로 몸을 날린 탄력을 이용해 가속을 더한 것이었다.

진호의 주먹이 일순 푸른 전격의 기운으로 뒤덮였다.

파천일뢰(破天一雷).

번개의 힘을 머금은 진호의 주먹이 권격의 폭풍과 맞부딪쳤다.

권격의 폭풍 속, 단 하나의 주먹을 찔러 넣으면서도 진호의 기세는 조금도 쇠하지 않았다.

아니, 오히려 권격들을 팅겨내며 앞으로 내달리고 있었다.

그리고 그 주먹의 권격을 뚫어낸 순간 번개는 분화하듯 그 속도를 더했다.

진호의 움직임이 실로 다양해졌다.

주먹, 팔꿈치, 머리, 어깨, 무릎, 발끝, 진호의 공격은 전신의 모든 곳을 이용하고 있었다.

푸른 뇌전의 기운을 머금은 진호의 전신은 그 자체로 흉기나 다름이 없었다.

쿵! 쿵! 쿵! 쿵!

수없이 늘어난 권영과 그 사이를 쉴 새 없이 몰아치는 푸른 번개는 엄청난 진동과 소음을 자아내고 있었다.

두 사람이 공격이 마주치는 단상은 이미 완전히 박살 나 형체를 분간키 힘들 정도였다.

꿀꺽.

단상 밑의 사람들은 그저 멍한 얼굴로 두 사람의 싸움을 바라보고 있었다.

절정을 넘어선 두 사람의 싸움은 그야말로 말을 잊게 할 정도로 격렬했다.

'큭.'

황보격의 뺨이 씰룩거렸다.

닥쳐오는 진호의 무릎을 막아선 손이 저릿저릿 통증을 호소하고 있었다.

방금 전 진호의 어깨를 막아냈을 때부터 번개에 맞은 것처럼 손이 저려오고 있었다.

분명 선기를 잡은 것은 자신이었지만, 일순도 지나지 않아 밀리고 있는 것 또한 자신이었다.

황보격은 눈을 굳혔다.

자신과 가문의 자존심을 위해서도 이런 놈에게 밀릴 수는 없었다.

이 자리를 벗어나 죽는 한이 있더라도 저 망할 놈의 입을 비틀어 뽑아버리고 싶었다.

황보격은 쉼없이 쏟아내던 권격의 기운을 하나로 모았다.

동시에 황보격이 다음 일보를 밟아 나가던 오른발을 섬전처럼 차올렸다.

쾅.

황보격이 쌓은 수십 년 적공이 담긴 발이 일순 진호의 신형을 멈추어냈다.

그와 함께 황보격은 발을 차낸 탄력 그대로 허리를 돌려 몸을 한 바퀴 틀고는 그 가속과 힘을 오른 주먹에 모아 때려냈다.

노도사자권의 절초 사자광충(獅子狂衝)이었다.

황금빛 서기가 짙어질 대로 짙어지며 흉포한 빛을 발했다.

"죽어라!!"

쩌렁쩌렁하게 울리는 황보격의 목소리에는 숨길 수 없는 분노와 쌓아온 적공에 대한 자신감이 어려 있었다.

'…흥.'

진호의 입가가 비틀렸다.

그와 동시에 진호의 신형이 푸른 뇌전으로 휩싸였다.

뇌화(雷化).

그야말로 한줄기 뇌전이 된 진호의 신형이 사자광충에 정면으로 맞서나갔다.

쿵.

경력과 경력이 마주친 소리가 고막을 찢어버릴 정도로 울려 퍼졌다.

둔탁한 소성과 함께 한 인영이 공이 튀듯 삼 장 밖으로 날아가 버렸다.

"쿨럭."

바닥에 무릎을 꿇은 채 입에서는 검은 핏덩이를 쏟아내고 있는 이는 바로 황보격이었다.

내장을 모두 게워낼 듯 피를 토하면서도 그의 눈은 여전히 분기를 담은 채 진호를 노려보고 있었다. 절대 질 수 없다 말하는 그 자존심은 실로 놀라울 지경이었다.

하지만 그러면서도 그의 머리는 방금 전 보았던 믿을 수 없는 광경을 떠올리고 있었다.

서로의 일격이 마주치려는 순간 진호의 신형이 황보격의 사자광충의 절초 앞에서 마치 안개처럼 일렁이며 사라져 버렸다. 그야말로 귀신에 홀린 것처럼.

놀랄 틈도 없었다.

갈라지듯 사리진 진호의 신형이 황보격의 좌측면에서 나타나며 그대로 그의 측면부를 치고 지나갔다.

깜짝 놀란 황보격이 어떻게든 몸을 비틀며 막아섰지만 반 박자 빠르게 진호의 주먹이 그의 옆구리를 치고 지나갔다.

왼쪽을 감싸는 갈비뼈가 몇 대 부러져 폐를 찌르고 있었다. 숨을 쉴 때마다 차오르는 고통이 피와 함께 입으로 쏟아져 나왔다.

"큭……."

하지만 무엇보다 고통스러운 것은 자신에게 다가오는 진호의 눈매가 그를 비웃고 있다는 점이었다.

고작 그 정도면서 그렇게 큰 소리를 쳤나? 라고 말하는 것 같았다. 적어도 그의 눈에는 그렇게 보였다.

단상 밖으로 삼 장은 날아간 황보격을 향해 진호는 느긋한 발걸음으로 다가가고 있었다.

방금 전의 기묘한 움직임은 뇌화에 유혼류의 수법을 더한 것이었다.

무림맹으로 들어오기 전 팔황의 힘을 정리하며 깨달은 수법 중 하나였다. 그리고 과연 그 효과는 탁월했다.

지직.

진호의 전신에는 여전히 번개의 기운이 감돌며 좌중을 압도하는 박력을 내뿜고 있었다.

"고작 네놈 따위에게. 시퍼렇게 어린 놈 따위에게……."

황보격의 입이 끊임없이 말을 뱉어내려 했지만, 그조차도 허파를 찌르는 부러진 갈비뼈 때문에 여의치 않았다.

"호법 장로! 괜… 괜찮으십니까?"

단상 위의 원로 한 명이 대경하며 뛰쳐나와 황보격을 부축했다.

"놓으시오. 내 저놈을……."

하지만 황보격은 그 손길을 뿌리치며 몸을 일으켰다.

분명 치명상에 준하는 상처를 입었고, 당장 요양이 필요함에도 극도의 흥분 상태에 빠진 그의 눈에는 오로지 진호밖에 보이지 않았다.

당연히 통제에서 벗어난 황금사자투기가 그의 전신을 날뛰며 헤집고 있었다. 막대한 내공은 실로 양날의 검. 다루지 못한다면 스스로의 날에 베일 수밖에 없었다.

혈맥이 하나씩 터져 나가기 시작했다. 이마에서도 피부가 터지듯 찢어지며 그 사이로 피가 간헐천처럼 솟구쳤다. 목에도, 손등에도, 아니, 전신에서 동시다발적으로 일어나고 있었다.

"…세, 세상에. 진정하시오. 당장에라도 운기요상을 취하지 않는다면……."

"커억."

옆의 원로가 차마 말을 다 잇기도 전에 황보격은 주먹만 한 핏덩이를 토하고는 그대로 바닥에 널브러졌다.

꿈틀, 꿈틀.

바닥에 엎어져 몇 번 경련을 일으키더니 미동도 없이 고요히 멈추어 버렸다.

황보격의 목 부근 경동맥에 손을 댄 원로는 고개를 좌우로 저었다. 맥이 뛰지 않았다.

황보격이 쓰러진 자리는 터져 나오고 토해낸 피로 검붉게 물들어 있었다.

단상 위도, 단상 아래도 모두 침묵에 잠겼다.

무림맹의 원로이자 황보세가의 장로가 이제 겨우 약관을 넘어선 젊은이에게 목숨을 잃었다.

비겁하게 암습하지도, 수로 밀어붙이거나 독이나 암기를 쓴 것도 아니었다. 정면에서 홀로 그를 상대했고 반의 반각도 지나지 않아 승패가 갈려 버렸다. 오히려 먼저 달려든 것은 황보격이었다.

그야말로 압도적인 무위.

이 자리에서 황보격을 그렇게 쉽게 상대할 수 있는 이가 또 누가 있을까? 사람들의 머리에는 그 누구의 모습도 떠오르지 않았다.

그리고 닥쳐오는 생각은 이 일의 여파였다.

진호가 아무리 정명한 복수를 주장하고 이 일이 정정당당한 결투의 모습을 띠고 있다고 한들 경중이 줄어들지는 않는다.

지금 도출된 결과는 너무나도 확연했다.

오가의 장로이자 무림맹의 원로가 죽은 것이다.

사람들의 머리는 다음 일어날 일을 도저히 예상조차 하지 못했다.

다만 확신하는 것은 분명 어떤 종류든 커다란 일이 벌어지리란 사실이었다.


단상 위 다른 원로들은 굳은 얼굴로 상황을 바라보고 있었다.

보통의 경우라면 황보격이 진호와 대치할 때 어떤 식으로라도 개입했을 것이다. 하지만 그들은 입을 다물고 지켜만 보고 있었다.

최근 황보세가는 그 세가 욱일 하듯 무섭도록 치고 나왔고, 다른 세력들의 경계를 사고 있었다.

그런 마당에 이런 소요가 일어나니 다른 원로들의 머릿속은 손익계산으로 복잡하게 돌아갈 수밖에 없었다.

하지만 황보격이 저렇게 죽어버린 것은 이야기가 틀렸다.

대낮에 무림맹의 원로가 비명횡사한 것이다.

개개의 세력에 대한 문제라면 모른 척 넘어갈 수도 있겠지만, 이건 분명 구파와 오가 전체의 위신과도 관련된 문제였다.

가만히 지켜보았다가는 이런 일이 몇 번이고 일어날 수도 있으며, 다음 대상은 자신의 세력일 수도 있었다.

그들은 좌중에 감도는 기묘한 분위기를 느끼고 있었다.

사람들에게 기묘한 열기가 감돌고 있었다.

이 열기를 어떤 식으로든 잠재워야 했다.

벌떡.

원로들이 모두 몸을 일으켰다.

*　　*　　*

"네놈!! 지금 네가 무엇을 했는지 알고 있느냐!!"

공동의 장로가 목에 핏대를 세우며 소리를 지름과 동시에 단상 위에서 원로들 곁을 지키던 푸른 무복의 무사들이 일제히 뛰쳐나와 진호의 주변을 포위했다.

그들은 무림맹의 육대(六隊) 중 하나인 청천대(靑天隊)의 무사였다.

제일 앞에 나선 청천대주 마도윤의 얼굴에는 경악과 분노의 감정이 동시에 어려 있었다.

"분명히 말했다. 내 복수를 막아서는 이는 누가 되었든 가만히 두지 않겠다고."

자신을 향한 서슬 퍼런 호통에도 진호의 말은 확고했다.

"감히 무림맹의 권위와 정의보다 네 말이 앞선다고 하는 것이냐!!"

"옳지 않은 게 무엇인지 알면서도 편을 드는 이들이라면, 그리고 그런 이들이 이룬 맹이라면 차라리 사라져 버리는 게 낫겠지."

진호는 눈을 굳히며 말을 뱉어냈다.

"뭐라고!!"

단상 위의 원로들에게서 호통성이 튀어나왔다.

챙.

그리고 그에 호응하듯 청천대의 무사들이 일제히 무기를 뽑아들었다.

그들의 기세는 무엇이든 베어버릴 날처럼 날카롭게 진호의 전신을 압박했다.

하지만 진호는 조금의 미동도 없이 그들을 노려볼 뿐이

었다.

다섯의 후기지수와 싸우고, 황보격과의 전투를 치뤄냈음에도 진호의 기운은 조금도 사그라지지 않았다.

여전히 짙푸른 뇌기가 그의 전신을 감돌고 있었다.

무신의 공(功)으로 전환된 팔황의 기운이 여전히 진호에게 끝없는 활력을 불어넣어주고 있었다.

한편 단상 아래의 군중들의 대화는 조금씩 퍼져 가고 있었다. 그 웅성거림에는 분명 혼란과 궁금증이 잔뜩 배어 있었다. 그들의 눈은 연무장 위 진호가 서 있는 곳에서 떠나지 않았다.

"감히 무림맹을 부정하려 하다니. 절대 용서치 않겠다."

"누가 누구를 용서하겠다는 거지? 당신들에게 용서받을 생각도 없는데 북 치고 장구 치고 혼자 다 해먹으려 하는군."

조소를 머금은 진호의 말에 검을 쥐고 있는 청천대주의 손등 위로 핏줄이 불거졌다.

그는 청성의 제자 이전에 무림맹의 무사라는 것에 막대한 자부심을 품고 있었다.

그런데 그런 무림맹의 권위를 눈앞의 진호가 흙발로 밟아버리고 있었다.

그의 검에 서리처럼 하얀 기운이 맺히기 시작했다. 팔성의 경지에 달한 청성의 비전 천지일기공(天地一氣功)이 단전에서 나와 그의 검에 모여들고 있었다.

"어차피 너희들도 단지 자신의 권위와 위신을 생각할 뿐이야. 그렇게 주구장창 이야기 하는 정의를 생각하기보다는 말이야."

진호의 입꼬리가 불길할 정도로 올라가고 있었다.

"감히 무림맹의 권위를 무시하고 그 질서를 흩뜨려 놓는 놈의 말 따위는 조금도 들을 생각이 없다. 우리는 무림맹의 검. 강호를 수호하는 기둥을 지키는 검이다."

"…큭큭. 이야기를 들을 생각 따윈 조금도 없군. 하긴 너희들은 언제나 그랬지. 동등한 위치에 서 있지 않다고 여기면 모든 말에 귀를 막아버리지. 아주 지겨울 정도야."

그 말대로 진호는 정말 오랫동안 그런 이들을 보아왔다. 무한의 빈민가에서부터 지금까지. 하나하나 떠올리는 것조차 힘들 정도로.

지직.

진호의 감정에 따라 팔황의 내단이 단전에서 흘러넘치며 미친 듯 퍼져 나가기 시작했다. 무신의 기운으로 전환된 뇌기가 전신을 넘어 사방으로 퍼져 나가며 위협적인 기세를 뿌리고 있었다.

"적법한 질서를 엎으려는 이의 말 따위는 듣지 않는다. 네 말은 너를 제압하고 집법당에서 듣도록 하지. 무림맹의 호법을 죽이고 무림맹의 권위를 무시한 죄는 태산처럼 무겁다. 절대 가벼이 넘어가지는 않을 것이다.”

“마음대로 하라고. 할 수 있다면 말이지.”

진호는 슬쩍 주변을 돌아보았다.

청천대주를 포함해 진호를 포위한 청천대의 무사들은 당장에라도 뛰쳐나갈 듯 기세를 풍기고 있었다.

“나는 단지 앞을 막아서는 모든 것을 부숴 버릴 뿐이니까.”

쿠웅.

진호의 말이 떨어짐과 동시에 발밑에서 둔중한 진동이 울렸다.

끼익끼익.

그리고 주변의 단상이 미친 듯 떨리며 불쾌한 소음을 자아냈다.

마치 정말 무언가를 두려워하는 것 마냥.

청천대주를 위시한 청천대가 진호에게 달려들었다.

그들의 기세는 그야말로 칼날처럼 날카로웠다.

하지만 푸른빛이 희끗하더니 진호의 신형이 그들의 시야에서 사라져 버렸다.

팔방에서 뛰어들던 청천대가 동시에 진호의 기척을 놓쳐 버리고 만 것이다.

“위다!”

단상 위의 외침에 청천대의 시선이 동시에 하늘로 향했다.

마치 여의주를 물고 승천하는 용처럼 진호의 신형은 그들의 머리 위에 자리하고 있었다.

그리고 그의 손이 내쳐짐과 동시에 손바닥만 한 비수들이 빛살처럼 내달렸다. 비수는 전부 뇌기를 터질듯 머금어 짙은 푸른빛을 띠고 있었다.

그야말로 뇌전처럼 닥쳐온 비수들은 팔방의 청천대를 향해 쇄도했다.

만일 단상 위의 원로가 진호의 위치를 가르쳐 주지 않았다면 모르겠지만, 그 위치를 인지한 이상 무방비로 당할 리는 없었다.

청천대는 제각기 검을 휘두르며 쇄도하는 비수들을 막아섰다.

하지만.

"컥."

"크악!"

픽! 픽!

뇌기가 터져 나가는 둔탁한 소리와 함께 비수들이 청천대 무사들의 몸을 파고들었다.

말도 안 되는 일이었다.

분명 검신으로 튕겨낸 비수가 다른 이의 검에 맞은 후 가속이 붙어 되돌아와 어깨를 관통했고, 어떤 이는 가까스로 피해냈더니 바닥에 튕겨 다리를 꿰뚫고 지나가는 비수에 비명성을 질렀다.

피해내고 막아냈지만 비수들은 마치 의지라도 가진 것 마냥 그 이빨을 박아 넣었다.

정말 눈을 의심케 하는 광경이었다.

"암왕비전(暗王秘傳) 마탄(魔彈)."

낮은 중얼거림이 진호의 입을 통해 흘러나왔다.

절대 피할 수 없는 암기의 세례.

유혼류와 더불어 암왕의 이대절기로 불리는 기예였다.

일 차로 진호에게 덤벼든 청천대 열 명 중 제 다리로 멀쩡히 서 있는 이는 청천대주를 포함해 두 명뿐이었다. 그건 그들이 개중 출중한 무위를 가지고 있기도 했지만, 아직 진호가 깨달은 마탄이 완성의 경지에 달하지 못했기 때문이었다.

암왕이 자부했듯 완성된 마탄을 막을 수 있는 이는 기껏 해봐야 다른 팔황이 전부였다.

동료들의 위기에 다른 청천대원들이 대경하며 달려들었다.

진호의 대응은 간결했다.

쾅.

크게 발을 구르자 단상이 뒤흔들리며 쓰러진 검수들의 검이 일제히 허공으로 솟구쳤다.

그리고 진호는 허공섭물의 수법으로 자신을 향해 끌어들인 검들을 팽이처럼 핑그르르 돌리며 일제히 사방으로 쏘아냈다.

당연하게도 그 검들은 짙푸른 뇌기를 꾹꾹 눌러 담고 있었다. 진호를 중심으로 번개가 퍼져 나가는 광경은 입이 절로 벌어질 정도였다.

이번엔 마탄의 기괴막측(奇怪莫測)한 변화는 없었지만 그를 메울 만한 힘이 있었다.

쨍! 쨍그랑! 털썩!

사방에서 검이 부서지고 그 경력에 이기지 못해 바닥에 너부러지는 소리가 울렸다.

"마… 말도 안 돼. 쿨럭."

"…제길."

피를 토하며 쓰러진 부하들을 뒤로 하며 청천대주가 진호를 향해 검초를 쏟아부었다.

청성이 자랑하는 절기 청운적하검(靑雲赤霞劍)의 검초가 이빨을 번뜩이며 닥쳐왔다.

푸른 구름[靑雲]과 붉은 노을[赤霞]의 검이란 명칭처럼 면면부절 쉴 새 없이 초식이 이어지며 상대를 압박하는 검법이었지만 상대가 좋지 않았다.

내딛는 진각과 그로 비롯된 탄력이 뇌전의 기운과 어우러 지며 포탄처럼 쏘아졌다.

파천일뢰의 주먹이 무참하게 청운적하검의 검로를 찢어발 겼다.

말 그대로 규격 외의 공격에 청천대주는 당황할 틈도 가지 지 못했다.

퍽.

한줄기 파육음과 함께 눈을 뒤집은 청천대주의 몸이 허공 을 부유하다 이윽고 바닥을 나뒹굴었다.

바닥에서 잘게 몸을 경련하며 게처럼 거품을 문 꼴이 겨우 목숨은 건진 듯 보였다.

"세상에!"

단상 밑의 누군가가 말도 안 되는 광경을 보았다는 듯 소리 쳤다.

무림맹의 자랑과도 같은 육대 중 하나인 청천대가 비록 전 원이 모여 있지 않다고 해도 이렇게 쉽게 박살이 나다니, 정 말 눈을 의심케 할 광경이었다.

단상 위의 원로들 또한 마찬가지였다.

작게 벌어진 입과 기묘한 침묵이 그들의 놀람을 단적으로 보여주고 있었다.

팔성과 동수를 이뤘다는 말을 듣기는 했지만, 그건 어디까지나 진호와 싸운 팔성들이 전력을 다하지 않은 것이라 생각했다. 하지만 지금 그들의 눈에 보이는 것은 소문 그 이상이었다.

"저기다!"

그때 일단의 사람이 진호를 향해 신형을 날리고 있었다.

무림맹의 육대인 홍월대(紅月隊)와 자운대(慈雲隊)가 급보를 받고 달려온 것이었다. 그리고 그 한편에는 청천대의 남은 대원들도 끼어 있었다.

물경 백이 넘어가는 무사가 연무장 위 진호의 주변을 둘러쌌다.

물 샐 틈 하나 보이지 않는 철벽과도 같은 포위망이었다.

"…말도 안 돼."

장대처럼 빼빼 마른 홍월대주는 눈앞의 참상에 침음을 흘렸다.

방금 전 청천대와 진호가 대치하고 있다는 연락을 듣고 바람처럼 달려왔건만, 이미 청천대는 반쯤 박살 나 있었고 청천대주 또한 바닥에 얼굴을 처박고 엎어져 있었다. 믿을 수 없는 일이었다. 자신이 아는 청천대는 절대 이렇게 쉽게 제압될 이들이 아니었기 때문이었다.

"이런 무도하기 짝이 없는 놈이 있나!! 감히 무림맹의 안마당에서 이런 일들을 벌이다니."

공동의 장로가 얼굴을 잔뜩 구기며 앞으로 나섰다.

안 그래도 내심 군웅대회의 우승을 생각하고 있던 자파의 후기지수가 진호에게 패해 마음속 앙금이 남아 있는 상태였기에 그의 눈은 더욱 사나운 빛을 띠고 있었다.

"무림맹의 원로를 해한 죄, 무림맹의 무사들을 해한 죄, 무림맹의 행사를 방해한 죄, 군중들을 선동한 죄. 상기의 죄목으로 너를 구금한다. 지금이라도 순순히 투항해라. 그렇지 않다면 여기서 절대 살아가지 못할 것이다."

그의 옆에 선 자운대주가 위협하듯 으르렁거렸다.

"호오. 살려줄 생각이나 있으신가?"

진호는 조소하며 입꼬리를 씰룩거렸다.

"…명을 계속 재촉하는구나! 건방진 놈이 일신에 갖춘 무공이 제법 된다하여 천둥벌거숭이처럼 날뛰는구나."

화산의 장로가 통탄스럽다는 말투로 끼어들었다.

"세상을 정말 모르는 어리석은 놈이로군. 이 자리에서 네 편을 들어줄 사람이 누가 있느냐? 너 혼자뿐이로다. 이렇게 행동하고도 멀쩡히 살아 나갈 수 있을 거라 생각하느냐?"

"말했잖아. 신경 안 쓴다고. 그쪽은 그쪽 하고픈 대로, 이쪽은 이쪽 하고픈 대로 하는 거지. 나는 당장 당신들과 싸우고 싶은 건 아니야. 하지만 그쪽에서 거는 싸움을 피할 생각도 없지. 간단하기 그지없는 일이야. 막지만 않으면 당신들과 싸울 일 따윈 없어. 나도 그렇게 피를 보는 게 좋은 건 아니거든."

"광오하구나. 네 무공이 제법 뛰어난 것은 보았다만, 기껏해야 너 혼자서 무엇을 할 수 있겠느냐?"

"말로는 무엇을 못할까? 그건 지켜보면 알 수 있지 않겠어?"

"청천대의 일부를 제압했다하여 이들마저 쉬이 상대할 수 있을 거라 생각하는 거냐? 그래, 이들까지 이긴다고 치자. 무림맹의 힘이 고작 이것뿐이라 생각하느냐? 이곳에서 무사히 빠져나간다고 한들 무엇이 달라지리라 생각하느냐? 그것 참 어리석은 착각이로구나."

당가의 장로 또한 앞으로 나섰다.

극독을 다루다 일그러진 입가에 걸린 그의 미소는 유난히도 흉측한 느낌을 풍겼다.

"상관없어. 누구든, 얼마가 되든 부숴 버릴 뿐이다."

"호오, 과연 그럴까?"

당가의 장로는 진호를 지나쳐 연무장 위로 올라섰다.

그리고는 연무장 밑 군중들을 향해 외쳤다.

"강호의 군웅이자 동도들이여. 지금 여기 여러분이 뜻을 모아 지탱하는 무림맹을 무시하는 이가 있소. 그는 자신의 사사로운 감정 때문에 무림맹의 원로를 죽이고 무림맹의 권위를 흙발로 밟아버리겠다고 공언하는 이요. 불초, 무림맹의 집법당주 당천기는 무림맹의 이름 아래 모인 여러분께 한 가지 청을 드릴까하오. 무림맹의 권위를 존중코자 하는 분은 연무장 위로 올라와 무도한 놈에게 세상에 정의가 살아 있음을 보여주셨으면 하오. 그리하지 않는 분들은 무림맹의 권위를 그리 중요하지 않게 생각한다고 여길 수도 있겠지만.”

한마디로 가만히 있는 이는 진호에게 동조하는 이로, 무림맹의 권위를 존중치 않는 사람과 같은 취급을 하겠다는 소리였다.

군중들 사이에 커다란 혼란이 일었다.

갑작스레 벌어진 많은 일에 생각을 정리할 틈도 없었기 때문이었다.

하지만 무림맹과 극히 인접해 눈치를 볼 수밖에 없는 몇몇 중소문파의 무사들이 주춤거리며 연무장 위로 올라섰다.

그들이 기폭제가 되었는지 군중들이 하나둘 무기를 빼 들며 연무장 위로 올라와 진호의 반대편에 섰다.

차라리 아무도 올라서지 않았다면 모를까, 지금 움직이지 않는다는 것은 무림맹과 척을 지겠다는 소리와 같았기에 어쩔 수 없었다.

결국 연무장 가운데의 진호를 중심으로 천이 넘는 이가 둘러싸며 포위하는 형국이 되어버렸다.

"보았느냐? 이게 현실이다. 네가 아무리 개소리를 지껄인다한들 들어줄 이따위는 아무도 없다."

그 광경에 당가의 장로는 흡족한 표정으로 독기로 쭈글거리는 얼굴을 일그러뜨리며 진호를 비웃었다.

"……."

진호는 무표정한 얼굴로 주변을 둘러보았다.

시선을 마주치는 이는 하나같이 슬쩍 고개를 돌리며 진호를 외면했다.

그들의 속마음을 굳이 들여다봐 끄집어 놓자면 진호의 편을 들 이도, 그의 말에 고개를 끄덕일 이도, 무림맹의 말이 틀렸다고 생각하는 이도 있을 것이었다.

그들 중 대다수가 의창에서 울려 퍼지는 진호의 무명에 환호한 이였고, 무림맹과 그 중추를 차지하는 구파와 오가의 횡포에 질린 얼굴을 하던 이였다.

하지만 어쩔 수는 없었다.

결국은 이게 현실일 뿐이니까.

방금 전 중현문의 경우에도 그랬듯 그들은 힘없는 개인이며 약한 단체일 뿐이었다. 그들의 목소리는 극히 작고 그들이 가진 힘은 너무나도 허약하기 그지없었다.

무림맹이 그 권위를 내세우며 전면에 나서면 그들로선 그것을 거부할 수가 없었다.

"후후."

진호는 쓴웃음을 지었다.

알고 있었다.

무한의 빈민가에서도 이런 광경은 얼마든지 보았으니까.

빈민들은 자신들을 핍박하고 벌레만큼도 생각지 않는 사람들에게 한바탕 욕을 쏟아 붓다가도, 그들이 목소리를 높이면 벌벌 기며 아무것도 하지 못했다. 오히려 그들에게 떡 한 조각이라도 더 얻어먹기 위해 같은 처지의 빈민들을 흙발로 짓밟았다.

그래, 이들이 이렇게 나올 수도 있다는 것을 알고는 있었다.

하지만 그럼에도 쓴웃음이 입에 걸리는 것은 어쩔 수 없었다.

어차피 맞이하게 될 결과였을지도 모른다. 이렇게 굳이 전면에 나서지 않았다고 해도, 무림맹의 선동에 사람들은 길을 막아섰을 것이고 어떤 식으로든 이와 비슷한 사단은 일어났을 것이다.

'두 사람을 물리길 잘했군.'

만일 남운령과 전후영이 있었다면 두 사람 모두 곤경에 처할 뻔했다. 두 사람 다 제 몸 하나는 충분히 지킬 힘이 있었지만 그것도 상황 나름이다. 이렇게 사방이 적이 될 수도 있는 상황에서 그건 무리였다.

[실로 현명한 대처요.]

[안 그래도 뭐 없는 것들이 저 권뇌룡인지 뭔지 하는 놈을 연호하는 꼴이 마음에 안 들었는데 이거 속이 시원하군.]

당가의 장로는 귓가로 흘러 들어오는 다른 원로들의 전음에 흐뭇한 미소를 감추지 못했다.

[잠시 물러서라. 이이제이(以夷制夷)라, 비천한 것들이 서로 싸우게 두자구나.]

홍월대주는 귓가로 전해지는 원로들의 전음에 입가를 비틀며 고개를 끄덕였다.

하긴 그랬다. 청천대가 저렇게 쉽게 제압된 광경은 그로서도 섬뜩하기 그지없는 일이었다. 청천대와 홍월대의 전력은 거의 동일했고, 그 말인즉슨 자신들 또한 섣불리 덤벼들었다가는 똑같은 꼴을 볼 수 있다는 말과도 같았다.

그의 고갯짓에 맞춰 홍월대와 자운대는 슬쩍 몸을 빼 군웅들에게 자리를 양보했다.

그에 맞춰 당가의 장로는 다시 한 번 군중들을 향해 소리를 높였다.

"저놈을 잡아 무림맹의 정의가 살아 있음을 증명한 군웅께는 무림맹의 입맹을 보장함과 동시에 그에 걸맞은 보상을 지급하도록 하겠소."

그 말이 소요를 일으켰다.

진호를 포위한 군웅들은 응당 정파 성향의 이만 있는 것은 아니었다.

사파에 가까운 이나 낭인도 상당수 자리하고 있었다.

물론 그들도 진호에 대해 썩 나쁜 감정을 가진 것은 아니었지만, 무림맹이 제시한 보상보다 우위에 서진 않았다.

욕심이 동한 이들이 일제히 무기를 뽑아들거나 눈빛을 굳히며 진호의 빈틈을 노리기 시작했다.

그들을 보며 진호는 나직이 입을 열었다.

"다시 한 번 이야기하지."

어느 새 그의 전신에는 푸른 뇌기가 미친 듯 번져가고 있었다.

"나는 당신들에게 아무런 감정이 없다. 하지만 당신들이 스스로의 욕망에 내 앞을 막아선다면 절대 손속에 정을 두지 않을 것이다."

지직거리며 퍼져 나가는 기세는 그야말로 뇌운 속 자리한 한 마리의 용과 같이 위압적이었다.

하지만 욕심이 눈을 가린 몇몇 이에게 그런 진호의 엄포는 닿지 않았다.

"…하압!"

진호의 시야가 미치지 않는 곳에서 슬그머니 접근한 털복

숭이 거한 하나가 거치도를 쳐들며 진호의 등 뒤로 뛰어들었
다.

"저놈이!!"

"치사하게 선수를 치다니!"

그와 동시에 주변에서 눈치를 보던 몇몇 낭인 또한 합세해
달려들었다.

"……."

잠시 감겨 있던 진호의 눈이 번뜩 떠졌다.

그와 동시에 바닥에 떨어진 검 하나가 진호의 손으로 날아
왔다.

곧이어 일원만병공이 발휘되며 검은 무섭도록 빠르게 사
선을 그렸다.

챙! 챙! 챙!

진호를 노리고 내려꽂히던 거치도와 검 두 개가 동시에 부
러져 버렸다.

"이게 마지막 경고다."

박살 나 반만 남은 도를 손에 쥔 털북숭이 낭인이 벌벌 떨
며 고개를 끄덕였다. 눈에 보이지도 않는 일격에 겨우 목숨만
을 건졌다는 감각이 그의 전신을 찍어 누르고 있었다.

그러나 누군가에겐 그런 경고조차도 닿지 않은 모양이었
다.

　소란 속에서 그림자에 숨어 진호의 사각에서 쌍겸(雙鎌)을 번뜩이는 이들이 있었다. 두 사람 다 허리가 달처럼 굽은 곱추로 쌍살왜동(雙殺倭童)이라 불리며 섬서에선 제법 이름을 날리는 고수였다.

　그들은 살수 출신으로 암살을 특기로 하는 이들이었다. 과연 명성대로 기척을 죽인 채 사각으로 접근해 달려오는 공격은 섬뜩할 정도로 날카로웠다.

　하지만 상대가 좋지 않았다.

　마치 등 뒤에 눈이라도 달린 것처럼 돌아선 진호는 그들을 향해 검을 휘둘렀다.

　뇌기로 둘러싸인 검이 벼락처럼 내리꽂혔다. 그리고 두 사람은 일도양단되어 허리가 반 토막 나버렸다. 어떻게든 막아보려던 그들의 쌍겸도 사이좋게 반 토막 나 바닥을 뒹굴고 있었다.

　"분명히 말했다. 더 이상의 자비는 없다고."

　"……."

　"쓸데없는 피를 보는 것은 원하지 않는다. 내가 원하는 것은 죄를 지은 자들에게 합당한 벌을 내리는 것뿐이니까."

　주변은 잠시 침묵에 잠겼다. 섬전과도 같은 빠르기의 검격에 검이 번뜩이는 것조차 보지 못한 이들이 태반이었기 때문이었다. 침이 절로 삼켜지는 그들의 발은 석고라도 바른 것처럼 굳어 있었다. 밑에서 구경하는 입장일 때는 몰랐지만 막상 이렇게 마주하는 진호의 기세는 그야말로 무시무시했다.

기묘한 대치가 잠시 동안 이어졌다.

군중들은 서로 눈치만 볼 뿐, 먼저 나서는 이는 없었다. 하지만 포위를 풀지도 않았다.

그 모습이 답답했는지 홍월대주가 앞으로 나와 진호에게 검을 겨누었다.

"네가 어떤 말을 하든 상황은 변하지 않는다. 너는 무림맹의 뜻에 반하는 적이고, 무림맹이 강호의 의지를 대변하는 존재인 이상 너는 무림 전체의 적이다."

"그건 너희들의 생각이겠지."

진호는 싸늘하게 조소했다.

"감히 무림맹과 척을 지고 이 무림에서 살아갈 수 있을 것 같으냐?"

"못할 것도 없지."

진호의 조소가 더욱 짙어졌다.

"도대체 무엇이 정의를 수호하는 강호의 기둥이라는 것이지? 억울함을 토로하는 이의 목소리를 들어주기는커녕 힘으로 눌러 버리는 것이 정의라는 건가? 진정 그렇게 생각하는 건가? 힘만 있다면, 무력이 모든 것에 우선한다고 하는 건가?"

크롱.

쩌렁쩌렁 울려 퍼지는 진호의 고함은 그야말로 야수의 울음과 같았다.

지직! 지직!

진호의 주변을 감싸는 뇌기가 더욱 짙어져 숫제 진호의 몸이 한줄기 번개로 보일 정도였다.

그 번개들은 진호의 감정에 따라 사방으로 줄기줄기 숏구치고 있었다.

"웃기지 마. 그런 정의가 세상을 이루는 기둥이라면 내 손으로 박살 내 버릴 테다."

쾅.

뇌기를 머금은 진호의 발로부터 퍼져 간 진동에 바닥이 내려앉고 공기가 미친 듯 요동쳤다.

"그렇게 열변을 토해봐야 바뀌는 건 없다. 지금 네가 처한 현실이 세상의 이치인 것이다. 너는 분명 무림맹의 적이고, 무림의 적이다."

홍월대주가 목에 핏대를 세우며 소리 질렀다.

방금 전 진호의 말에 무척이나 흥분한 모양새였다.

"무림의 군웅들이여, 저 무도한 놈을 지켜만 보고 있을 것입니까?"

그가 검을 뽑아 들며 사람들에게 소리쳤지만 호응하는 이는 그다지 없었다.

사람들은 주춤거리며 그저 다른 이들의 눈치를 보고 있을 뿐이었다.

오히려 입은 연 이는 진호였다.

"웃기는군. 정말 웃기는 일이야."

분노 어린 진호의 목소리는 귀기마저 느껴지고 있었다.

"무언가 잘못되었다고 아무도 생각하지 않는 건가? 아니면 알면서도 입 밖에 내지 않는 건가? 타인의 고통이라 무감각한 건가? 억울하게 당하는 사람들이 눈앞에 있는 데 단지 내가 아니라 그저 넘어가는 건가? 그렇게 한 명씩 사라지고 난 뒤에는 자신의 차례 앞에서 후회할 일은 없을 거라고 생각하는 건가? 아니면 그게 세상의 이치라고 생각하나? 힘이 없으면 조용히 입을 다물고 당해야만 하는 것이 세상을 이루는 진리라고 생각하는 건가?"

"……."

사람들은 침을 꿀꺽 삼키며 진호의 말에서 귀를 떼지 못했다.

"마음에 혼란을 품은 자는 그렇게 가만히 있어라. 언젠가 이와 같은 일로 가족과 친구, 동료들이 고통 어린 비명을 지를 때까지. 지금 상황을 보고도 떳떳한 이라면 당장 나를 죽이러 오라. 그런 이의 피로 손이 범벅이 된다 한들 아무런 가

책도 없을 테니.”

쾅.

진호는 강하게 발을 내디뎠다.

연무장 바닥이 내려앉으며 지진이라도 난 것처럼 흔들렸다.

“더 이상 들어주지 못하겠구나. 홍월대와 자운대는 저놈을 제압해 당장 무릎을 꿇려라!!”

군중들에게 진호를 처리하게 하려 했으나 상황이 여의치 않자 원로들은 얼굴을 붉히며 소리쳤다.

“명을 받들겠습니다.”


그때였다.

“권뇌룡의 말이 맞다!!”

아직 연무장에 올라서지 않은 군중 속에서 누군가의 고함 성이 터져 나왔다.

“음?”

사람들이 일제히 고개를 돌렸다.

“시바. 이건 해도 좀 너무한 거 아니냐!”

또 다른 고함은 메마른 인상의 중년 무사에게서 나왔다.

“이럴 거면 우리를 왜 모은 것이냐? 우리는 그저 당신들의 말에 따라 고개를 끄덕이는 광대에 불과한 것이냐?”

목에 핏줄이 서도록 소리치는 젊은 낭인도 있었다.

그들의 고함에 연무장 위 진호를 포위하고 있던 군중 사이에서도 웅성거림이 퍼져 나가기 시작했다.

올라선 군중 대부분이 뚜렷한 의지가 있기보다는 주변에 떠밀려 온 것이기 때문에 웅성거림은 그칠 기미를 보이지 않았다.

"조용! 조용히 하지 못하겠느냐!!"

사태에 예상치 못하게 흘러가자 원로들에게서 노성이 터져 나왔다.

압도적인 내공에 기인하였기에 군중의 소리를 일순 눌러 버릴 정도였다.

하지만.

"무림맹이 언제 힘으로 사람을 핍박하는 곳이었나!!"

카랑카랑한 목소리는 허리가 반쯤 굽은 노강호에게서 나온 성토였다.

"그래! 구파와 오가 출신이 아니라고 너무 막 대하는 것 아니냐!!"

중현문의 사건 때 무림맹의 말에 동조하는 사람도 있었지만, 불만만 가진 채 아무 말도 꺼내지 못하는 사람도 있었다.

말해도 소용없기에, 그것이 여태껏 살아온 이치이기에 억지로 가라앉혔던 불만과 끓어오르던 부조리에 대한 분노가 일순 가해진 열에 미친 듯 달아오르기 시작했다.

"정당한 복수를 외치는 이의 말을 들어주지는 못할망정, 이렇게 우르르 몰려와 압박하는 것이 무림맹인가!!"

"망할, 길거리에서 굴러먹던 나도 그런 짓은 안 하겠다!"

"거기 올라선 이들, 계속 그를 핍박할 텐가? 그는 무고하다!"

연이어 성토하는 목소리가 단상과 연무장을 가득 메웠다.

"제길, 도저히 못 보고 있겠네."

연무장 위 몇몇 사람이 인파를 벗어나 아래로 내려왔다.

처음 시작도 그랬듯 그 몇몇이 기폭제가 되어 마치 썰물이 빠지듯 진호를 포위하던 이들이 자리를 떠나기 시작했다.

무림맹의 무사들이 막아서려 했지만 여의치 않았다.

그들 중 꽤 많은 이가 연무장 아래로 내려가기보단 진호의 뒤에 서는 것을 택했다.

마치 진호의 편에 서겠다고 말하는 것처럼.

"무림맹의 행사를 방해하는 이는 용서치 않는다!!"

홍월대주와 자운대주가 노성을 내질렀지만 그 목소리는 대해에 빠진 듯 사라져 버렸다.


사람들의 감정은 고조될 대로 고조되어 있었다.

애초 의창에 울려 퍼진 권뇌룡 진호에 대한 기대로 가득 차

몰려든 이들의 감정은 중현문의 사건을 보며 부글거리기 시작했고, 진호의 우승을 보며 고조되었다가 지금 연달아 터진 사건들을 보며 끓어올라 결국은 활화산처럼 터져 버리고 말았다.

무림맹의 비위를 거스르기 싫어하며 동조하려는 사람도 있었지만 그들 또한 터져 나오는 기세에 눌려 조용히 구석에 몰리고 있었다.

결국 진호 하나와 나머지라는 대치국면은 완전히 뒤바뀌어 무림맹 무사들과 수천 군중이라는 생각키도 힘든 상황이 되어버렸다.

"……."

진호는 주변을 둘러싼 군중들을 보며 다소 어색한 미소를 지었다.

예상을 뛰어넘는 상황이었다.

방금 전 최악에 달한 상황을 보며 쓴웃음을 지었지만, 그것이 다시 이렇게 극단적으로 뒤집힐 거라곤 생각하지 못했다.

사부들이 있었다면 지금 무슨 말을 했을까?

아마 웃으며 이 또한 당연한 일이라고 했을까? 진호는 답을 내진 못했다. 하지만 분명 무언가 명쾌한 대답을 해주었겠지.

진호만큼이나 원로들과 무림맹의 무사들도 당황한 것 같

았다.

이처럼 군중들이 격렬히 일어선 경우를 본 적이 없어서 일 것이다.

군중들 또한 이런 상황을 예측했을 리 없었다.

군웅대회 전까지만 해도, 아니, 촌각 전까지만 해도 무림맹의 행사를 방해할 깜냥이 그들에게 존재할 리가 없었다. 누군가로부터 터져 나온 고함이, 성토가, 그리고 그 지독히도 붉고 짙은 감정이 사람들을 미치게 하고 달라지게 했다. 서로가 같은 감정을 공유했기에 술에 취해 미친 것마냥 그들은 무림맹 무사들의 정면을 막아섰다.

그야말로 우연과 필연이 겹치며 일어난 혼돈과도 같은 결과였다.

쭈글거리는 원로들의 얼굴에 더욱 주름이 졌다.

좋지 않은 상황이었다.

추가 대응이 적절치 않는다면 무림맹의 위신은 물론 자신들이 속한 세력의 위신에도 먹칠을 할 것이 뻔했기 때문이었다.

"이제 어떻게 할 거지?"

진호는 입 꼬리를 스윽 올리며 그들에게 물었다.

"계속한다고 해도 상관없어. 그것이 당신들의 의지라면 나는 얼마든지 존중해 줄 생각이 있으니까."

그 조소는 색을 입힌 듯 선명하여 원로들의 가슴을 마구 헤집어놓았다.


일촉즉발의 상황은 생각보다 허무하게 끝나 버렸다.

단상 위의 원로들이 합심하여 무림맹 무사들을 모두 물려 버렸다.

지금 군중을 건드리는 것은 독이 잔뜩 오른 벌집을 건드리는 일과 비슷한 결과라는 판단 때문이었다.

부글거리며 끓는 뜨거운 물을 지금 당장 치우는 것보다 식기를 기다리는 것이 조금 더 현명하다고 그들은 생각했다.

그렇기에 그들은 자신 앞에서 웃으며 자리를 떠나는 진호를 손 놓고 쳐다볼 수밖에 없었다.

과연 군중들은 그때의 열이 식고 나니 큰소리를 내지 못했다. 물론 자신들끼리 모였을 때는 불만 어린 소리를 내긴 했지만 대놓고 무림맹을 성토하는 사람은 없었다.

어쨌든 진호는 순식간에 의창을 넘어 전 무림의 시선을 집중시키는 화제의 인물이 되었다.

사람들은 황보세가에 복수를 천명하고, 공공연하게 무림맹과 척을 진 그의 행보를 주목하기 시작했다.

第二章
음모(陰謀)

의창(宜昌) 무림맹의 비처.

내부에는 코를 향긋하게 매만지는 은은한 향과 반대로 끈적거리는 묘한 침묵이 자리하고 있었다.

자리에 앉은 이는 대부분 얼굴을 찌푸리고 눈을 내리깐 채 다른 쪽을 은근히 노려보고 있었다.

"어떻게 할 겁니까?"

먼저 신경질적으로 말을 내뱉은 이는 공동의 장로였다.

목적어가 생략된 질문이었지만, 무엇을 뜻하는지 모르는 이는 아무도 없었다.

"……."

하지만 마땅한 대답을 하는 이는 없었다.

"아!! 거 답답하게스리 왜 꿀 먹은 벙어리처럼 아무런 말들이 없으신 거요?"

"그렇게 답답하시면 그쪽부터 답을 하시던가요?"

그 모습이 신경에 거슬렸는지 아미 장로의 말에는 코웃음이 섞여 있었다.

"당연히 그놈을 쫓아가 쳐 죽여야지요!"

쾅!

공동의 장로는 탁자를 내려치며 소리쳤다.

탁자 위 찻잔이 그 충격에 엎어져 바닥을 적셨다.

다른 이들이 눈살을 찌푸렸지만 정작 당사자는 신경조차 쓰지 않는 듯 보였다.

"그건 당연한 이야기 아닙니까? 감히 무림맹과 구파, 오가의 권위를 무시한 이의 말로가 어떤 것임을 보여주는 일이야 당연한 거고. 우리가 이야기해 보자 하는 건 그 방법이지요. 이렇게 화제가 자꾸 빗나가서야 어디 건설적인 말이 나오겠습니까?"

공동과 사이가 그리 좋지 않은 당가의 장로가 차를 후룩 들이켜며 무미건조한 어조로 말했다.

무식하게 화제 돌려 시간 낭비하지 말고 그럴 거면 입이나 다물고 있으라는 말이었다.

공동의 장로가 다혈질이긴 하지만 그 말의 진의를 알아듣지 못할 정도로 머리가 완전히 빈 것은 아니었다.

"뭐요!! 지금 싸우자는 거요!!"

"후우."

다른 이들은 머리를 싸매며 한숨을 내쉬었다.

그들이 다소 신경질적인 반응을 보이는 이유는 진호에 대한 처리 방법에 대해 토의하고 있기 때문이었다.

그를 가만히 둘 수는 없었다.

진호가 몸 성히 돌아다니는 것 자체가 그들에게 있어서는 치욕과도 마찬가지였다.

제 입으로 오가 중 하나인 황보세가에게 죄를 묻겠다고 선포하고, 대놓고 무림맹의 권위를 무시한 이를 가만히 두면 언제고 제이, 제삼의 진호가 나올지 모르는 일이었다.

하지만 그 방법에 가서는 서로 마찰이 생기고 있었다.

현 무림맹은 맹주 자리가 공석이라는 사실 또한 이들의 의견이 좀처럼 하나로 모이지 않는데 큰 영향을 주고 있었다. 무림맹주 자리를 구파와 오가를 제외한 다른 이들에게 주기는 아깝고, 정작 구파와 오가에서 뽑기에는 서로의 세력이 커지는 걸 경계해야 하기에 생긴 웃지 못할 일이었다.

"황보세가는 어떻게 한다고 합니까?"

장로 한 명이 혀를 차며 곰방대를 입에 물었다.

"그렇게 입을 다물고 있는데 무슨 생각을 하는지 통 알 수가 있겠소이까?"

대답은 곧바로 나왔다.

하긴 그랬다. 원래 이 자리에 있어야 할 황보격은 진호에 의해 죽었고, 황보세가는 아직 그 공석을 메우지도, 구파와 오가의 회의에도 참석하지도 않고 있었다.

무슨 이유인지는 알 수 없었다. 최근 황보세가의 행보는 안개 속에 있는 것처럼 제대로 파악할 수가 없었다.

"그때 일만 잘 풀렸어도 훨씬 일이 쉬운 것을."

누군가가 말했다. 그리고 모두 고개를 끄덕이며 동의를 표했다.

무림맹에서 군중들이 진호에게로 돌아서지 않았다면 일이 이렇게까지 꼬이지도 않았다. 아마 그 자리에서 빠져나가지 못했거나, 설사 그랬더라고 해도 지금보단 훨씬 쉬웠을 것이다. 만인의 적이 되는 셈이니까.

다시 침묵이 감돌았다.

모두들 무슨 생각을 하는 지 알 수 없는 모양새들로 차를 머금거나 곰방대를 물고 다른 곳을 바라보고 있었다.

그렇게 시간이 흘렀다.

차를 몇 번이고 마실 시간, 대략 한 시진은 훌쩍 넘겼을 것이다.

지루한 이야기가 오가던 도중 누군가 입을 열었다.

"어쨌든 그를 가만히 둘 수는 없는 노릇이니, 각파에서 사람을 각출하도록 합시다."

"결국은 그게 낼 수 있는 최선의 답이겠지요."

"좋소."

이 말을 기다렸다는 듯 답이 나왔다.

지금까지의 분위기에 비하면 너무나도 쉽게 결론이 나버린 것이다.

그들은 하나같이 어쩔 수 없다는 투로 이야기하고 있었다.

참으로 보기 이상한 광경이었다.

방금까지 감돌던 기분 나쁜 침묵과 극도로 서로를 견제하던 분위기는 어디에 가고 이렇게 성의 없는 합의만이 가득한 것일까?

갑작스런 변화는 이질적으로까지 보일 정도였다.

서로서로 자신의 의도를 숨긴 채 다른 이에게는 가면 위의 모습만을 보이고 있었다.

이유는 간단했다.


진호의 말 중에 하나, 다른 것보다 구파와 오가의 신경에 걸리는 것이 있었다.

그것은 팔황(八荒)이란 존재였다.

이 자리의 원로들은 각 세력에서 나름 최고위층에 있는 이들이었다.

그렇기에 팔황에 대해 제대로 알지는 못할지언정, 그와 관련된 정보를 꼭 자신들의 세력에 보내야 한다는 사실만은 잘 알고 있었다.

그들의 판단은 지극히 현명했다.

구파와 오가에는 어떤 방식으로든 언급되며 전해지는 것이 있었다.

그것은 팔황에 대한 기록이었다.

다른 이는 몰라도 그들은 절대 잊어버리지 않았다.

과거 그들의 전성기에 나타나 그들을 구석 끝까지 몰아붙인 여덟의 초월자를.

구파와 오가의 힘은 과거에도 중원 전역을 장악할 만큼 거대하고 강건했다.

하지만 불현듯 나타난 여덟 명의 무인은 그런 그들의 자신감을 완전히 박살 내 버렸다.

구파와 오가의 어떤 고수도 그들을 상대하지 못했다.

그리고 자연스레 그들에겐 엄청난 추종자들이 생겼다. 물론 그나마 다행인 것은 팔황이 그 추종자들에 대해 별 신경을 쓰지 않는다는 점이었다.

만일 그들이 그 추종자들과 함께 세력을 만들었다면 아마 구파와 오가의 역사는 그때를 기점으로 없어지거나 끝없는 쇠락의 시기를 맞았을 것이다.

하지만 그럼에도 구파와 오가가 그들의 눈치를 보았다는 것은 부정할 수 없는 사실이었다.

만일 그들이 약속이라도 한 것처럼 갑작스레 사라지지 않았다면 어떤 일이 더 벌어졌을지는 아무도 알 수 없었다.

구파와 오가는 필사적으로 사라진 그들에 대해 조사했고, 아무것도 얻어내지 못했다. 그리고 그들에 대한 모든 것을 은폐했다.

멀쩡히 일어난 사실을 묻어버린다는 것은 절대 쉬운 일이 아니다.

하지만 그것을 가능케 할 만큼의 힘을 구파와 오가는 충분히 가지고 있었다.

그 공작은 성공적이었다.

오 년이 흐르자 사람들 사이에선 팔황의 이야기가 거의 나오지 않았고, 한 세대가 지나자 그들에 대한 기억은 희미할 정도로 사라져 버렸다.

하지만 구파와 오가만은 절대 잊지 않았다.

최상층부에서만 전해지는 비밀로나마 지금까지 이어져 오고 있었던 것이다.

　　그렇기에 스스로를 팔황의 제자라 언급한 진호의 등장은 그들에게 경종을 울리기 충분한 것이었다.

　　거기에 진호는 절대 그 나이에는 있을 수 없는 무위를 선보였다. 물론 후기지수의 수준을 애저녁에 벗어나 종사의 수준에까지 닿은 팔성의 존재가 있기는 하지만, 그들마저도 무림 맹에서의 진호와 같은 무위를 선보일 수 있을지는 의문이었다.

　　쉽게 말해 진호의 존재는 그들에게 있어 노다지와 같았다.

　　만일 그를 포섭하거나 그의 무공을 빼낼 수만 있다면 다른 구파와 오가를 넘어서는 절대적인 세력을 구축할 수 있을지도 몰랐다.

　　구파와 오가에 속한 세력 대부분이 이 연합의 틀을 깨부수고 싶어 했다. 물론 그 바람과는 별도로 능력이 되지 않았지만. 하지만 진호의 존재만 있다면 그것이 가능할 지도 몰랐다.

　　당연히 한 문파에서 진호를 독점하는 꼴을 다른 쪽이 눈 뜨고 그저 방관할 리는 없었다. 팔황의 힘을 탐내는 것은 누구나 다 마찬가지니까.

　　"그럼 각 문파에서 재량껏 인원을 차출 하도록 합시다. 그 놈이 아무리 강해봐야 구파와 오가의 힘을 모두 당해낼 수는 없겠지요."

결론은 그렇게 정해졌다.

하지만 어차피 그건 구색일 뿐이었다.

어차피 각 세력의 속셈은 최대한 진호를 자신들의 쪽으로 빼돌리는 것이었으니까.

하지만 대놓고 그렇게 나올 수는 없었다.

최대한 서로를 견제하며 기회를 노리는 것.

소리 없이 조용한 전쟁이 펼쳐지고 있었다.


＊　　＊　　＊


"들었느냐?"

"그놈에 대한 이야기 말인가요? 네, 물론 들었어요."

쇠를 긁는 듯 거친 목소리에 답하는 것은 이슬이 어린 꽃 만지는 듯 부드러운 목소리였다.

물론 그 매만지는 손가락을 찔러 버릴 가시로 가득한 꽃이긴 했지만.

"벅차지 않겠느냐?"

황보무정의 눈은 소름이 끼칠 정도로 형형하게 빛나고 있었다.

"그럴 리가요?"

화병에 꽃을 꽂아 넣는 황보은정의 말투는 지극히도 평온

했다.

"좋구나. 과거의 망령에 얽매일 필요는 없다. 과거의 고수가 지금의 고수가 되는 것은 아니지."

"옳으신 말씀이에요."

그녀는 작은 가위로 필요 없이 긴 줄기 부분을 잘라냈다.

"그래, 네가 말하던 그 시간은 이제 충분히 지났느냐?"

"거의 다요."

뚝.

그녀는 튀어나온 가시 부분을 자르며 답했다.

그녀의 입가에 걸린 광기 어린 미소를 황보무정은 흐뭇하게 바라보았다.

"이제 나락으로 떨어뜨릴 보람이 있을 정도로 올라왔지요. 남은 일은 그 마무리를 어떻게 지을지 정하는 것뿐이에요."

무림맹에서 있었던 일은 그녀의 계획에 별다른 영향을 미치진 못했다.

물론 그녀와 마주치기도 전에 진호가 죽으면 곤란하긴 하겠지만, 그럴 일은 적어보였다.

어차피 이제 곧 마주치게 될 테니까.

"기대되네요. 정말 기대가 되요. 제 눈을 앗아간 놈의 얼굴이 어떻게 일그러지고, 그 입이 어떤 비명을 내지를지 말이에요."

똑똑.

“태상장로님. 말씀하신 시간이 되었습니다.”

문을 조심스레 두들기는 소리와 함께 젊은 남자의 목소리가 흘러 들어왔다.

“준비가 되었다면 귀찮게 구는 놈들에게 으박 한번 지르러 가보자구나.”

황보무정은 낮게 웃으며 말했다.

“네, 저도 이제 마무리만 남았네요.”

그녀는 싱긋 웃으며 다시 한 번 가위를 잡은 손을 움직였다.

싹둑.

새파랗게 빛나는 날이 움직였다.

툭.

화병에 가지런히 꽂혀 있던 붉은 꽃봉오리가 바닥에 떨어졌다.


“지금 도대체 뭐하자는 겁니까?”

탕.

쭈글쭈글한 주름이 얼굴 전체를 덮은 노인이 탁자를 내려쳤다. 이마와 콧등 부근에 주름이 잔뜩 진 그의 얼굴은 무척이나 험상궂어 보였다. 그는 황보세가의 장로 중 하나인 황보문이었다.

"괜히 흥분하지 마십쇼."

탕탕!

"지금 흥분 안 하게 생겼습니까?"

가뜩이나 주름진 얼굴이 침까지 튀겨가며 열변을 토하고 있으니 참으로 험악하기 그지없었다.

"상황을 보세요, 상황을. 지금 온 중원이 세가를 비웃고 있단 말입니다."

"그럼 어찌하시겠소?"

"어찌하긴 뭘 어떻게 합니까?"

"당장 본가의 무사들을 보내 그놈을 주살해야지요. 아주 처참하게 쳐 죽여 본가의 힘이 건재함을 보여줘야지요."

황보문 옆에 그와 비슷한 연배의 장로인 황보도가 그에 동조하듯 목소리를 높였다.

그에 맞춰 몇몇 장로가 그들의 말에 동의하며 제각각 말을 늘어놓았다.

목소리를 높이는 장로들 사이사이에 유독 존재감을 발하며 도드라지는 이들이 있었다.

그들은 못해도 오십이 넘는 장로 사이에서 그 연배의 반도 살지 않았음에도 그에 못지않은 기세를 발하고 있었다.

황보세가의 직계.

산동의 패자라 불리는 황보세가의 후계들은 제각기 존재감을 발하며 흘러가는 상황을 바라보고 있었다.

그중에서도 가장 눈에 띄는 이는 상석 제일 근처에 앉은 청년이었다.

옥을 깎아 만든 듯 잡티 하나 없는 얼굴은 과히 미공자라 불러도 손색이 없건만, 타인을 깔아 보는 듯 못마땅함이 어려 있는 눈동자는 그를 지독히도 오만하게 보이게 했다.

황보하룡이란 이름을 가진 청년은 이름보다는 옥면권호라는 별호로, 그 별호보다는 황보세가의 일 공자라는 신분으로 더 유명했다.

황보세가에서도 손꼽힐 정도로 고강한 무력을 뽐내는 그는 황보세가의 가장 유력한 차기 가주 후보로 꼽히고 있었고,

그렇기에 그를 지지하는 장로의 수 또한 무척 많았다.

이 자리에 있는 스물의 장로 중 절반 이상이 그의 파벌에 속해 있을 정도였다.

"아니, 본가의 직계라 하는 이가 족보도 없는 놈에게 눈 하나를 잃고 들어온 것조차 쪽팔려서 어디 말도 못하는 일일지언데, 그것도 모자라 본가가 이런 추문까지 듣게 하다니 이게 어디 말이나 되는 일입니까?"

황보문이 다시 한 번 목소리를 높였다.

"그렇게 불만이 있으시다면 태상장로께 따지시지요."

“……”

　황보문은 코웃음을 치며 답하는 다른 장로의 말에 욱하며 뱉으려던 말을 삼켜 넣었다.

　장로들 중에서도 제법 영향력이 있다고 자부하는 그로서도 태상장로 황보무정의 말을 정면으로 부정하는 것은 무척이나 부담스러운 일이었다.

　게다가 절대적인 권력을 행사하는 황보세가주가 폐관에 들어선 이상 그가 실질적인 가주 대행의 역할을 맡고 있었다. 당연히 황보무정의 무게감은 다른 장로들과 비교할 수 없을 정도로 컸다.

　그의 입이 풀이라도 바른 듯 꾹 다물어지자, 곳곳에서 작은 웃음소리가 흘러나왔다. 다른 파벌의 장로들이 보란 듯이 피식 웃음소리를 뱉어냈다.

　개중 가장 눈에 띄게 조소를 흘리는 이는 후계를 놓고 황보하룡과 가장 크게 암투를 벌이던 이 공자 황보운천의 파벌 소속 장로들이었다.

　외부의 문제에는 한 몸처럼 대응하면서도, 내부로 들어서면 서로 으르렁거리는 것이 황보세가의 전통 아닌 전통이었다. 특히 후계의 문제가 도드라질 때쯤 되면 서로의 파벌끼리 으르렁거리는 것은 예정된 행사나 다름이 없는 수준이었다.

　황보문의 얼굴에 가득한 주름이 더욱 일그러지는 모습을

바라보는 황보운천의 입가에 미소가 감돌았다. 그는 슬그머니 시선을 돌려 황보하룡의 오만한 얼굴을 흘겨보았다. 하지만 황보하룡은 그 시선에 반응조차 하지 않았다.

황보운천의 이마가 구겨졌다.

'언제까지 그런 건방진 태도를 고수하는지 지켜보자고.'

낮게 중얼거리는 그의 눈에는 잔광이 어려 있었다.

그때였다.

"허, 거 소란스럽군."

낮게 깔리는 못마땅한 목소리에 시끌거리던 회의장이 일순 침묵으로 물들었다.

만인의 위에 서본 자만이 낼 수 있는 위압적인 목소리, 황보세가의 태상장로 황보무정의 말은 분명 사람의 고개를 절로 숙이게 하는 힘이 있었다.

"오셨습니까?"

황보하룡이 일어나 그에게 살짝 고개를 숙였다.

고개를 드는 그의 시선은 황보무정의 옆에 서 있는 황보은정에게 꽂혔다.

예전 그녀가 가문의 안에 박혀 후계 구도에 조금도 관심이 없을 때엔 한 번도 향한 적이 없는 시선이었다. 이글거리며 타오르는 눈에는 적의가 가득 담겨 있었다.

황보은정은 하나 남은 눈으로 싱긋 눈웃음을 보내며 그 시선을 받아넘겼다.

그리고는 상석 바로 옆으로 걸어가 곧바로 앉아버렸다.

"헉."

어디선가 숨소리가 들렸다.

그 자리는 평소 황보무정이 앉던 자리로 태상의 권력을 상징하는 자리였다.

그런 자리에 냉큼 앉아버리다니. 눈을 의심케 할 장면이었다. 하지만 별다른 일은 없었다. 황보무정은 그저 상석 옆에 자리를 하나 더 마련하더니 그곳에 엉덩이를 걸치고 앉았다.

'공녀의 뒤를 민다더니 정말이었군.'

'이거 구도가 복잡해지겠는데…….'

무례하다 호통을 칠 수도 있는 일을 가만히 묵인한다는 것은 그만큼 황보은정의 권위를 인정한다는 뜻과도 동일했다.

그 말인즉슨, 황보세가에서 가주 다음으로 영향력이 큰 황보무정이 후계 구도에서 황보은정을 선택했다는 말과도 같았다. 여태껏 확신을 가지지 못하던 이들의 눈에 짙은 경계심이 어렸다.

분명 얼마 전까지만 해도 황보은정은 단순 조롱의 대상밖에 되지 못했다.

그녀는 후계 구도에 관심이 없었고 당연히 받드는 세력도 거의 없었다.

그런 마당에 제멋대로의 이유로 외유를 나가 몇 안 되는 심복인 외단주와 일월단주를 잃고, 거기에 눈 하나까지 파헤쳐진 채 싸움에 진 개가 되어 돌아왔다.

그것도 기껏 해봐야 약관 정도에 불과한, 이렇다 할 무명도 없는 강호초출에게 당하고 돌아왔다는 것은 그야말로 황보세가의 수치나 다름없는 일이었다.

그녀의 텅 빈 눈구멍은, 그 위를 덮은 안대는, 황보세가가 수치의 상징과도 같았다.

하지만 지금 그녀의 모습은 조롱의 대상이 되던 얼마 전과는 확연히 달랐다.

"계속하시지요. 늦게 늘어온 마당에 이야기까지 끊으니 마음이 편치 않네요."

황보은정은 다른 장로들을 향해 싱긋 미소를 지었다.

"……"

장로들은 쉽사리 입을 열지 못했다.

"눈은 이제 괜찮으냐? 휑하게 비어 있는 모습이 보기가 아주 안쓰럽더구나."

입을 먼저 연 이는 황보운천이었다.

내용은 여동생을 걱정하는 자상한 물음이었지만, 그 어조는 심히 비틀어져 있었다.

"걱정해 주셔서 고맙네요. 오라버니."

대답하는 목소리는 아주 공손했다.

물론 말을 거는 그에게로 시선조차 돌리지 않았지만.

그 행동이 나타내는 바는 시간, 장소, 때에 따라 여러 가지가 있겠지만 지금에서야 한 가지 의미밖에 해석이 불가능했다.

그리고 황보운천의 얼굴이 급속도로 붉어지는 것을 보면 그 의도는 제대로 전달된 듯 보였다.

"흠흠."

분위기가 마음에 들지 않는 것인지 황보운천 계파의 수장과도 같은 내단주 황보주담이 헛기침을 하며 주의를 돌렸다.

"이제 안색이 한결 좋아진 것을 보니 기쁨을 금할 수가 없구나."

"저도 기쁘군요."

"…그나저나, 궁금한 게 하나 있다만. 아마 나를 비롯해 이 자리에 있는 대부분이 공감하는 물음이 아닐까 한다."

"말해보세요."

대답은 시원시원했다.

'……'

오히려 황보주담의 이마가 구겨졌다.

지금 이 자리에서 그가, 아니, 장로들이 물을 것은 하나밖에 없었다.

그리고 그 화제는 그녀에게 있어 절대 썩 유쾌할 수가 없는 물음이었다.

그런데도 저렇게 평온하다니.

도저히 그 저의를 알 수 없었다.

"…어떻게 처리할 것이냐?"

그의 입이 힘겹게 떨어졌다.

목적어가 생략되었지만 그것이 무엇인지 모르는 이는 아무도 없었다.

"무엇을 말인가요?"

되묻는 그녀의 미소는 무언가 섬뜩한 빛을 품고 있었다.

"…그 눈의 원한 말이다."

"아아……. 이거 말인가요?"

그녀는 은은한 청홍빛을 띄는 안대를 매만지며 싱긋 미소를 지었다.

꿀꺽.

왠지 모를 위압감에 자리에 앉은 장로 중 몇몇은 자신도 모르게 침을 삼키고 말았다.

놀랄 일이었다.

얼마 전까지만 해도 그리 시답지 않던 그녀의 기세가 이리 역변하다니.

"그래."

황보주담 또한 자신도 모르게 턱을 매만지며 고개를 끄덕였다.

"어차피 자기가 찾아온다고 하지 않았나요? 저에게 죄를 물으러 온다 했으니 그때 보면 될 듯하네요."

"…그때까지 기다리겠다는 거냐?"

"네, 무슨 문제가 될 게 있나요?"

"그걸 말이라고 하는 거냐?"

쾅.

자리를 박차고 일어난 이는 황보운천이었다.

"오라버니, 지금 내단주님과 한창 이야기 중이니 남매 간의 대화는 조금 뒤로 미뤄주시지 않겠어요?"

그녀의 입가에는 분홍빛 미소가 걸려 있었지만, 눈매는 조금도 웃음기를 띠지 않았다.

"뭐……!!"

"거기까지 하거라."

팔짱을 끼고 지켜만 보던 황보무정이 내려 까는 눈으로 황보운천을 응시했다.

무언가 할 말이 많은 듯 황보운천의 입이 조금씩 계속 움직였으나 그는 이를 악물더니 다시 자리에 앉아버렸다.

물론 꿰뚫을 법한 시선을 그녀에게 날리고 있었다.

"저에게 생각이 있어요. 지금 말해 드릴 수는 없지만요."

“…세가를 향한 강호의 눈길이 그리 좋지 않다. 시간을 더 끌면 끌수록 그 시선은 더 불쾌해질 것이다. 무슨 복안인지는 모르겠지만, 굳이 그놈을 기다릴 이유가 없지 않느냐?”

“아! 물론 그에 관해서는 태상장로님과 충분히 이야기를 나누었어요.”

황보무정이 고개를 끄덕였다.

그녀의 말을 뒷받침해 준 것이다.

한마디로 황보무정이 승인한 계획이란 소리였다.

“…….”

턱을 쓰다듬는 황보주담은 손이 더 바쁘게 움직였다.

지금 자신이 무어라 말을 덧붙이는 것은 분명 황보무정의 생각을 부정하는 것과도 같았다. 괜히 세가의 이인자인 그와 척을 지고 싶은 마음은 없었다.

“황보세가를 공공연하게 모욕한 이가 두발 편히 뻗고 잘 수 있다는 것을 용납할 수 없다!”

황보운천이 다시 언성을 높였다.

그전에 분명 황보주담이 고개를 저으며 그의 입을 막으려 했지만 소용없었다.

“그럼 오라버니는 어떻게 하고 싶으신 건가요?”

“당연하지 않느냐? 당장에라도 가문의 정예들을 데리고 그 놈을 잡아 족칠 것이다. 죽기 직전까지 능지처참에 처하고,

죽을 때가 가까이 오면 거열형으로 사지를 찢어놓은 후에 그 시체는 개 먹이로 주고 그 머리는 세가의 정문에 걸어 황보의 이름을 무시한 놈의 말로를 똑똑히 보여줄 것이다.”

“마음대로 하세요.”

“그러니… 응?”

“마음대로 하시라고 했어요.”

“정말이냐?”

“제가 허언을 할 이유가 있나요? 이렇게나 가문을 생각하시는 오라버니가 있는데 제가 농을 할 리가 있겠어요?”

그녀의 입술에는 분명 미소가 어려 있었지만, 그 복심은 도저히 추측할 수가 없었다.

“…좋아. 네가 그렇게 말한다면 내가 그놈을 처리하지.”

잠시 그녀를 노려보며 경계하던 황보운천이 고개를 끄덕였다.

“얼마든지요.”

“…….”

무언가 일말의 불안감이 깃들었지만, 그는 애써 그 불안감을 무시했다.

생각해보면 이건 기회를 잡은 것이었다.

지금 그의 상황은 그리 썩 좋지 않았다.

애초의 후계 구도에서도 황보하룡에게 밀려 좀처럼 기를

퍼지 못하고 있었는데, 엎친 데 덮친 격으로 태상장로를 등에 업은 황보은정이 앞으로 치고 나오려 하니 그야말로 똥줄이 탈 지경이었다.

그런 마당에 가문에 망신살을 제대로 준 진호를 자신이 처리하면 여러 가지로 활로를 뚫을 수 있었다. 황보은정의 무능함과 방만함, 그리고 자신의 힘을 보여주며 강호인의 시선까지 끌어 모을 수 있는 기회였던 것이다. 분명 그 효과는 작지 않을 것이었다.

'다만……'

마음에 걸리는 것은 저 희미한 미소의 주인이 도대체 무엇을 생각하고 있는지 모르겠다는 점이었다. 자신이 생각한 바를 분명 모를 리는 없었다. 그런 이를 황보무정이 택할 리가 없었다.

'아니, 신경 쓸 필요는 없겠지.'

그는 고개를 저었다.

기호지세라. 호기를 잡은 이상 앞만 보고 달려야 했다.

그것이 여태껏 자신을 끌어준 삶의 방법이고, 앞으로도 자신을 끌어줄 길이기도 했다.


답이 정해진 이상 회의를 더 지속할 이유는 없었다.

황보문을 비롯한 몇몇 장로는 구겨진 종잇장마냥 인상을

좀처럼 펴지 못했지만, 황보무정이 있기에 어쩔 수 없었다.

아무런 이득은커녕 실밖에 얻지 못한 황보하룡의 얼굴 또한 좋지 못했다. 오만한 눈동자가 분명한 적의를 담아 떨리고 있었다. 하지만 그 시선을 받는 황보은정은 정말 아무렇지도 않게 미소를 보낼 뿐이었다.

회의는 그것으로 끝났다.

그리고 얼마 후 일단의 인원이 황보세가를 빠져나갔다.

第三章
도피 (逃避)

무림맹에서 있었던 진호의 열변은 꽤 큰 화제가 되었다.

건드리지 않으면 절대 먼저 나서지 않는다.

하지만 복수를 막아선다면 그것이 무엇이든 박살 내 버리겠다.

어찌 보면 광오하기 짝이 없는 말이었다.

하지만 절정을 넘어선 고수인 황보격을 반의 반각도 지나지 않아 격살하고, 청천대주를 위시한 청천대를 순식간에 제압해 버린 이는 무림에서도 절대 흔하지 않았다.

대다수의 사람에게는 진호의 말이 효과를 발휘했다.

물론 말뿐만 아니라 진호가 선보였던 말도 안 되는 무위가 효과를 발휘하기도 했지만.

그들은 진호의 행보를 조심스레 귀 기울이며 지켜보기만 할 뿐 끼어들지 않았다.

하지만 그렇지 않은 이들도 있었다.

강호에는 수없이 많은 기인이사가 있었고, 개중에는 정신이 제대로 박히지 않은 이도 얼마든지 있었다. 즉 가진 힘에 비해 머리가 제대로 굴러가지 않는 이들도 있다는 소리였다.

그런 이들에게 진호와 같은 화제의 인물은 자신의 명성을 드높이기 위한 최적의 도구로 밖에 보이지 않았다.

게다가 무림맹이 진호의 목에 현상금을 걸었다는 둥, 진호에게 절세의 비급이 있다는 둥 기묘한 소문들이 갑작스레 퍼져 나갔다.

그리고 꿀을 찾는 벌처럼 그 소문에 혹한 낭인과 사냥꾼들까지 몰려들었다.

그 수는 꽤 많았다.

적어도 손가락으로 셀 수 있는 범위는 예전에 지나 있었다.

물론 그들 중 누구도 자신의 목적을 이루지는 못했다.

공언했던 대로 진호는 손속에 자비를 두지 않았다.

비록 진호 자신의 복수와는 상관없는 이들이었지만, 욕심에 눈이 멀어 복수를 막아서는 이를 살려둘 정도로 진호는 자비롭지도, 정의롭지도 않았다.

푸욱.

진호는 손을 털었다.

손에 묻은 진득한 붉은 피가 타오르는 뇌기를 따라 사방으로 퍼져 나갔다.

그의 주변에는 열에 달하는 시체가 뒹굴고 있었다.

그 시체 위에서 무표정한 얼굴로 다음 상대를 노려보는 그의 모습은 무척이나 위압적이었다.

"하아!"

진호의 뒤에서는 남운령과 전후영이 새어 나오는 적들을 상대하고 있었다.

그녀의 검은 해남에 있을 때보다 일취월장하여 이제는 후기지수의 수준을 아득히 넘어서 있었다.

남해무문의 절기 비어쾌검(飛魚快劍)이 기이할 정도로 사각을 찌를 때마다 상대하는 이들은 속수무책으로 당할 수밖에 없었다.

전후영 또한 제법 씩씩하게 검을 휘두르고 있었다. 고수라 불러주기는 모자라지만 제 한 몸 지키기에는 모자람이 없어 보였다.

"세상에……."

중원에 한창 이름을 날리는 진호를 잡아 명성을 떨쳐 보려던 어느 사파의 문주는 생각과는 정반대의 결과에 반쯤 넋을 잃고 말았다.

하남에서 제법 잘나가는 사파 흑골파의 문주인 그는 비공식적이지만 무림맹이 진호의 목에 걸었다는 현상금을 듣고 주변의 사파와 낭인들을 끌어모아 진호를 습격했다.

준비는 제법 철저했다.

진호 일행이 향할 길을 적절히 예상하고, 그 경로인 한 협곡에 병력과 함정을 배치했다.

거대문파를 상대하기에는 부족하지만 한 사람을 제대로 죽이기에는 모자람이 없었다.

하지만 결과는 참담했다.

이 협곡에 자리한 어떤 칼날도 진호에게 닿지 못했다.

진호의 손에서 뇌전이 번뜩이고, 그의 손에 들린 무기들이 파공성을 낼 때마다 그의 부하와 끌어들인 이들의 비명성만 울려 퍼질 뿐이었다.

이 협곡에 모인 이만 백오십이 넘었다.

하지만 그들 중 절반이 시체가 되어 바닥을 뒹구는 데 걸린 시간은 기껏 해봐야 이각에 불과했다.

물론 나머지 절반은 완전히 겁을 집어먹고는 도망가 버렸다.

그들의 눈에 보이는 진호는 그야말로 괴물이었고, 그와 싸우다 무엇보다 소중한 목숨을 버릴 정도로 충성심을 가지고 있지도 않았다. 어차피 그들은 이합집산에 의해 뭉친 사파에 불과했으니까.


시체들 사이에 우두커니 서 있는 진호의 옆으로 남운령이 다가왔다.

그녀의 청색 무복은 피로 물들어 여기저기 검게 변색되고 굳어가고 있었다. 그녀는 수통의 뚜껑을 열어 머리카락에 물을 흘리며 달라붙어 굳은 피 조각을 떼어냈다.

"다친 데는 없습니까?"

"문제없어요."

그녀는 살짝 미소 지으며 답했다.

하지만 그녀의 눈 밑에 어린 검은 테는 숨길 수 없는 피로감을 보여주는 증거였다.

하루가 멀다 하고 싸움이 끊이지를 않았다.

사파와 낭인들이 덤벼들기도 했고, 구파와 오가 출신의 세력이 습격하기도 했다.

선량한 얼굴의 노인이 자객으로 돌변하기도 했고, 배고파 울던 어린아이가 칼을 겨누고 달려들기도 했다.

진호는 언제나 무표정한 얼굴로 그들을 상대했다.

마치 길을 걷다 발에 걸린 쓰레기를 마주한 것처럼.

자비라는 말은 떠오르지도 않았다.

자신도 이들도 어차피 스스로가 선택한 길일 테니까.


단지 귀찮은 일이 있다면 습격자들은 정말 시간과 장소와 때를 가리지 않는다는 점이었다.

진호를 습격하는 이들은 애초에 대부분이 정파라기보다는 사파와 마도에 가까운 성향이었고, 그런 이들이 민간인을 신경 쓸 이유는 없었다.

어차피 황실의 권위가 땅에 떨어진지 오래되었고, 관아보다는 호족의 역할을 겸하는 무림의 문파들이 더욱 득세를 하는 시대였다.

낭인과 현상금 사냥꾼들은 거리낄 것 없이 덤벼들었다.

그 와중에 애먼 사람들이 휘말려 낭패를 겪거나 심지어 목숨을 잃기도 했다.

그런 일이 몇 번 반복되고 나니, 사람이 많은 번잡한 곳은 이용하기가 무척 껄끄러워졌다.

아무리 그 손에 수없이 많은 이의 피를 묻히고, 그보다 더 많은 이를 죽여야 한다고 해도 자신과 관계없는 사람들의 희생까지 용인할 수는 없었다.

그렇게 되면 애초에 천가, 황보세가, 칠영단과 진호 자신이

다를 바가 없게 되는 것이었다.

자신을 위해 마음대로 타인을 희생시키는 삶이 도대체 무슨 의미가 있다는 말인가?

어쩔 수 없이 큰 도시 정도에만 진호 혼자만이 모습을 숨기고 들러 필요한 물자를 보급할 뿐, 나머지 경우의 대부분은 노숙 생활을 하고 있었다.

"괜찮아요. 저도 진 소협에 생각에 동의하는 걸요."

"물론입니다, 형님. 조금도 문제없습니다."

두 사람은 신경 쓰지 말라는 듯 진호에게 웃어보였지만, 그럴 수는 없었다.

피로가 누적되는 모습이 너무 훤히 보였다.

두 사람 다 눈 밑에 검은 테가 생긴 것은 물론이고, 잠시 쉬는 도중에는 대부분 곧바로 눈을 감아버리거나 심지어 무척이나 위험하게도 말 위에서 조는 경우도 있었다.

덕분에 안 그래도 하얗던 남운령의 얼굴은 핏기가 점점 빠져나가 이제 거의 백지장을 방불케 할 지경이었다.

거기다 남운령에 비해 그 경지가 모자란 전후영의 경우는 더해 어디 등만 붙이면 쓰러질 준비가 되어 있는 것 같았다.

어쩔 수는 없었다.

솔직히 느긋하게 가기에는 너무 위험했다.

시간을 지체하면 할수록 습격이 잦아지리라는 것은 너무

나도 뻔한 사실이었다.

게다가 아직 정작 강한 적들은 모습을 드러내지도 않았다.

분명 무림맹을 이루는 거대 세력, 구파와 오가의 이들이 진호를 노릴 것이다.

자신이 팔황의 제자라 당당히 밝히지 않았다면 그들은 어떤 행동을 취했을까?

그렇게 생각해 보기도 했지만 어차피 결과는 같았다.

진호 자신이 황보은정에게 죄를 묻기로 한 이상 황보세가와의 싸움은 피할 수가 없다.

서로 치열하게 경쟁을 하고 있다고 해도 결국 오가는 황보세가의 위기를 그저 방관하고 있지는 않을 것이다.

결국 오가와의 싸움도 피할 수는 없었다. 그리고 분명 그 길 도중에 구파가 합류하리라는 것은 너무나도 뻔한 사실이었다.

그런 미래가 예정되어 있을 바에야 차라리 구파와 오가의 경쟁 심리를 좀 더 유발시키는 것이 나으리라.

그것이 진호의 생각이었고, 진호가 그들의 앞에서 팔황의 이름을 꺼낸 연유이기도 했다.

지금까지는 그의 생각이 맞았다.

분명 지금까지 구파와 오가의 병력이 모습을 드러내지 않는 것은 팔황의 힘을 서로 차지하기 위해 경쟁하고 있는 탓이리라.

진호는 좀 더 나은 방안을 생각지 못하는 자신을 자책했다.

조금 더 생각했다면, 아니, 조금 더 자신이 현명했다면, 아니, 그런 모든 것을 신경 쓰지 않을 정도로 강한 힘을 가지고 있었다면.

기마술이 늘은 건지 말 위에서 꾸벅 졸고 있는 두 사람을 볼 때 마다 진호는 스스로를 자책하고 또 했다.


한편.

그를 따라붙는 그림자가 하나가 있었다.

어둠을 녹여낸 것 같은 짙은 흑의의 사내는 예전 광서에서부터 진호를 쫓고 있었다.

물론 진호가 말을 타고 이동하고 나서는 다소 추적에 애로사항이 있었다.

조금 잘못 지체하면 거리가 너무 벌어지고, 조금이라도 가까이 가면 진호의 감각에 걸려들 수 있었다.

흑의의 사내는 진호를 쫓으며 그의 감각에 걸려들어 목숨을 잃는 이를 아주 많이 볼 수 있었다. 아주 경이적일 정도로 진호는 자신을 쫓는 자들에 대한 습성을 잘 알고 있었다.

물론 암왕의 무공인 유혼류와 그가 남긴 지식이 그것을 가능케 했지만, 그 이유를 아는 이는 중원에서도 손을 꼽을 정도로 적었다.

놀라운 것은 진호는 흑의의 사내가 자신을 쫓아오고 있다는 사실을, 그것도 중원의 반이나 넘게 뒤에 붙어 있다는 사실을 모르고 있다는 점이었다.

그가 평생을 들여 익힌 것은 그런 무공이었다.

흑의의 사내에게는 누구에게도 자신이 뒤를 따름을 들키지 않을 자신이 있었다.

'…대단하군.'

그와는 별개로 그는 초인처럼 길을 뚫어가는 진호를 보며 들리지 않을 경탄성을 뱉어냈다.

생각 이상이었다.

여태껏 자신이 본 이 중 저런 색을 띠는 이는 아무도 없었다.

패도(覇道).

앞을 가로막는 것은 그 무엇이라도 박살 내 버릴 것 같은 강렬한 색채를 발하는 이가 이 중원에 몇 명이나 있을까?

그의 입가에 알 수 없는 미소가 어렸다.

그는 조심스레 몸을 움직였다.

검은 그림자는 진호의 움직임에 맞춰 스르르 녹아들 듯 자취를 감추었다.

*          *          *

요 근래 계속 꿈을 꾸고 있었다.

무언가 붉은색을 띠는 꿈.

그 속에서 진호는 아무것도 하지 않은 채 그저 우뚝 서 있었다.

주변에는 아무것도 없었다.

그야말로 아무것도.

사부들도, 남운령도, 전후영도.

분노도, 슬픔도, 힘에 대한 갈망도

끝도 없이 넓은 대지에 서 있는 것은 오로지 진호 혼자뿐이었다.

아무것도 보이지 않는 그 끝이 없는 세상에서 진호는 그렇게 계속 서 있기만 했다.

꿈이 깰 때까지의 그 무한과도 같은 시간동안.

계속.

*          *          *

하늘은 검게 물들어 있었다.

달조차 뜨지 않은 밤이었다.

어느덧 봄의 끝이 다가오고 있었지만 유독 쌀쌀한 바람이 피부를 아리게 했다.

타닥타닥.

진호는 눈앞의 모닥불에 장작 하나를 던져 넣었다.

뻘건 혀를 날름날름 내미는 모닥불은 마른 장작을 먹고는 그 몸집을 불려 주위에 열을 뱉어냈다.

"별 하나 보이지 않네요."

문득 남운령이 손을 매만지며 입을 열었다.

그녀의 목소리에는 숨길 수 없는 피로가 배어 있었다.

"정말… 무척 어둡군요."

전후영이 그 말을 받았다.

작은 바위에 주저앉듯 몸을 기댄 전후영은 무척이나 지친 듯 지금이라도 쓰러질 모양새를 하고 있었다.

"피곤하면 눈을 먼저 붙이시죠. 제가 경계를 보겠습니다."

장작 하나를 더 던져 넣으며 진호가 말했다.

"아니오. 요 며칠 계속 진 소협이 맡았잖아요. 진 소협에게만 맡길 수는 없어요."

그녀가 고개를 가로저었다.

"공평한 선택보단 합리적인 판단이 좋지 않겠습니까? 이 중 가장 여력이 있는 것도 저이고, 가장 경계 범위가 넓은 것도 저입니다."

“…알겠어요.”

그녀는 마지못해 고개를 끄덕였다.

“너도 신경 쓸 필요는 없다.”

“알겠습니다.”

쓰러지기 일보 직전의 상태로 보이는 전후영은 거절할 생각도 나지 않는지 그저 고개만 끄덕였다.

진호가 보기에도 전후영은 무척 지쳐 보였다. 일류는 넉넉히 닿은 경지로 볼 때 적지 않은 수련을 겪었겠지만 그럼에도 이렇게 며칠을 긴장 상태로 다니는 것은 절대 쉬운 일이 아닐 테니까.

“…스읍.”

낮은 숨소리가 들리기 시작했다.

바위 등걸에 등을 댄 전후영은 어느새 곯아떨어져 있었다.

“바쁘게도 달려왔네요.”

남운령은 의복에 묻은 먼지를 손으로 털어냈다.

바다를 담은 것 같이 푸르던 무복은 어느새 먼지로 그 푸름이 많이 가서 있었다. 물론 여벌이 몇 개 있었기에 큰 곤란함을 겪지는 않았지만 답답한 느낌이 사라지는 것은 아니었다.

“벌써 반년 가까이 지났어요.”

진호는 고개를 끄덕였다.

그녀와 만난 것은 작년 겨울의 초입.

얼마 지나지 않은 것 같았지만 벌써 많은 시간이 지나 있었다.

참 많은 일을 겪고, 많은 것이 달라졌다.

"시간 참 빠르지 않아요?"

"그렇군요."

달빛 하나 없는 밤에도 남운령의 눈동자는 왠지 마음이 편해지는 은은한 빛을 뿌리고 있었다.

"진 소협을 처음 만난 게 바로 어제 같은데….."

그녀의 미소 사이로 새하얀 치아가 드러났다.

"그땐 정말 끝인가 했어요."

처음 만났던 날, 천가의 투호대에게 잡혀 있던 때를 말하는 것이리라.

"정말 억울했어요. 힘이 없기에, 고작 그런 놈들 하나 제대로 물리치지 못하고 오히려 그들 앞에 무릎을 꿇고 있었던 제가요."

"……."

"그래서 하늘에게 빌었어요. 지금 저를 구해준다면 어떤 대가를 치르더라도 상관없다고요."

그녀는 가볍게 숨을 내쉬며 말을 이어나갔다.

"그때 진 소협이 나타난 거예요. 하늘이 제 소원을 들어준 건가? 그렇게 생각했어요. 진 소협의 행보가 너무나도 제 소원과 맞닿아 있었으니까요."

　열기가 점점 사그라지는 모닥불로 진호는 장작 하나를 더 던져 넣었다.

　그녀의 말을 귀담아 듣고 있었지만, 시선을 마주하기가 왠지 저어되었던 까닭이었다.

　"그래서 결심했죠. 제 소원을 들어준 것이 진 소협이라면, 저 또한 진 소협이 바라는 것은 무엇이든 도울 거라고요."

　배시시 웃는 그녀의 모습은 직접 바라보지 않아도 눈이 부시는 것 같았다.

　"그러니 그렇게 주저하지 않으셔도 되요."

　"……."

　"…할 말이 있죠?"

　진호는 가볍게 한숨을 내쉬었다.

　"그렇습니다."

　진호는 고개를 끄덕였다.

　"뭐든 말해 봐요."

　"…이제 곧 산동입니다."

　"알고 있어요."

　"지금은 폭풍 전의 고요와도 같습니다."

　"그것도 알고 있어요."

　"부탁이 있습니다."

"…혼자 가겠다고 하시는 건가요?"

"……."

진호의 침묵은 곧 긍정을 뜻하는 것이기도 했다.

"말했잖아요. 알고 있다고."

진호는 이미 장작이 충분함에도 습관적으로 모닥불에 나무토막을 밀어 넣었다.

"알고 있어요. 지금 진 소협을 돕기에 제가 많이 모자라다는 걸요. 어떻게든 노력한다고 해봤는데 안 되네요."

그녀의 입가에는 여전히 미소가 걸려 있었다.

하지만 방금 전과는 다르게 왠지 우울한 푸른빛을 띠고 있었다.

"진 소협이 너무 빠른 거예요. 어떨 때 보면 같은 사람인지 의심스러울 정도니까요."

그녀의 성장 속도도 분명 빨랐다.

해남으로 상정하면 최근 백년 내에 그녀처럼 빠르게 검이는 여인은 찾아볼 수도 없을 정도였다.

하지만 그럼에도 무섭도록 빠르게 성장하는 진호의 무위를 따라잡는 것은 무리였다.

"솔직히 그 부분은 참 마음에 안 들었어요."

"무엇을 말입니까?"

"맨날 큰일이 터지겠다 싶으면 무조건 저를 배제하고 보려는 그런 부분 말이죠."

그녀는 고개를 살짝 기울이며 못마땅한 눈으로 진호를 바라보았다.

"……."

진호는 시선을 피했다.

하긴 언제나 그랬다.

천가와 싸울 때도, 황보의 방계에 쳐들어갈 때도, 그리고 큰 싸움이 있을 때마다 어떤 핑계를 대더라도 진호는 홀로 싸워 나갔다.

지금도 그랬다.

가끔 진호의 감각에 다소 벅찬 적이 느껴지면 홀로 달려가 상대했다.

"조금은 의지해 주지 않는 걸까? 그렇게 생각하기도 했어요. 서운하기도 했으니까요."

"…후우."

진호는 답 대신 무거운 숨을 내쉬었다.

"이제는 좀 알 것 같네요. 진 소협의 마음을."

그녀는 벌떡 몸을 일으켰다.

"무서운 거네요."

어두운 밤, 그녀는 우두커니 서서 진호에게 시선을 향하고 있었다.

"그렇게도 두려운가요? 누군가를 잃는다는 것이."

그녀의 목소리는 고요했다.


진호는 고개를 저을 수가 없었다.

그녀의 말이 맞았다.

두려웠다.

너무나도 무서웠다.

또다시 누군가를 잃는다는 것이.

빌어먹을 상실감을 또 느낀다는 것이

두려워 견딜 수가 없었다.

또 다른 무게를 어깨에 짊어지기 싫었다.


그렇다면 혼자 있으면 되는 일이었다.

그래, 영원히 혼자 있다면 그런 괴로움을 느낄 필요도, 생각할 이유도 없을 것이다.

그렇기에 홀로 있으려 했다.

사람들 사이에 있으면서도 홀로 거리를 두려 했다.

하지만 그러지 못했다.

다가오는 남운령과 전후영을 밀어내지 못했다.

하려고 했으면 얼마든지 밀어낼 수 있었음에도 그러지 못했다.

이유는 알고 있었다.

고독(孤獨).

그 지독한 고독의 순간이, 누군가를 잃는 슬픔만큼이나 싫었기 때문이었다.

그렇기에 해남에서 남운령을 밀어내지 않았다.

같이 가자 내미는 그녀의 손을 잡았다.

하지만 불안감은 점점 더 스멀거리며 다가오고 있었다.

매일 꿈을 꾸었다.

조금이라도 눈을 붙이면 그 꿈이 닥쳐왔다.

아무도 없는 세상에 홀로 서 있는 꿈.

모두 사라진 것인지, 아니면 진호 스스로가 떠난 것인지 알 수 없는 세상에 진호는 홀로 서 있었다.

그 미칠 듯한 꿈이 싫었다.

그렇기에 잠들려 하질 않았다.

경계를 자처하는 이유 중 하나는 진호가 스스로 잠들기를 거부하는 것도 있었다.

사부들, 팔황의 부재가 너무나도 커다랬다. 무신의 호탕한 목소리가, 만병제의 소탈한 말이, 암왕의 냉철한 한마디가 필요했지만 그들은 어째서인지 진호의 심상 속에서 나오지 않고 있었다.

고독과 누군가를 잃는 슬픔 사이에서 진호는 방황하고 있었다.

"좋아요. 진 소협의 말대로 할게요."

남운령은 진호를 향해 살짝 무릎을 굽히며 시선을 맞추었다.

"……."

진호의 눈에 의아한 기색이 어렸다.

그녀가 의외로 쉽게 고개를 끄덕인 것이다.

"대신 조건이 있어요."

"무엇입니까?"

"비수(匕首). 광익(光翼)을 제게 주세요."

"이거 말입니까?"

진호는 품속에서 이질적으로 존재감을 발하는 비수 하나를 꺼내들었다.

스스로 빛을 내는 광형백철로 만들어진 비수로 낮에는 눈이 부실 정도로 빛에 녹아들었지만, 이런 어두운 밤에는 그 모습이 보이지 않을 정도로 어둠에 녹아들어 있었다. 주변에 녹아드는 그 모습은 귀물(鬼物)이란 표현이 절로 떠오를 정도였다.

"전에 해남에서 종 야장이 말했었죠. 절강 항주의 암 야장이란 분을 찾아가라고. 그분이 이 비수를 좀 더 완벽하게 만들어 줄 것이라고."

진호는 고개를 끄덕였다.

종 야장, 종록뿐만 아니라, 만병제 또한 진호에게 이야기한 적이 있었다. 암 야장을 찾아보는 것이 좋겠다고 말이다.

여유가 없이 급한 마음에 잠시 잊고 있었다.

"제가 갔다 올게요."

그녀는 미소 지으며 말을 이었다.

"이번에도 아무 도움도 되지 못한 채 홀로 있는 것은 싫으니까요. 이렇게라도 도움이 되고 싶어요."

"…알겠습니다."

진호는 광익을 건넸다.

"미안합니다."

"알면 됐어요."

그녀는 배시시 웃으며 광익을 품속에 집어넣었다.


"…저도 가야 합니까?"

전후영은 소태라도 씹은 것처럼 얼굴을 찌푸렸다.

"그래."

진호의 대답은 단호했다.

"방해가 되기 때문입니까?"

"그래."

이번에도 마찬가지였다.

다소 잔인할 수도 있었지만 조금도 주저하지 않았다.

"…어쩔 수 없군요."

전후영은 못내 아쉬운 눈으로 진호를 바라보았지만 이내 작게 고개를 끄덕였다.

"그것이 형님의 의향이라면 어쩔 수 없지요."

"전 소협도 저와 함께 가시겠어요?"

남운령이 물었다.

"아닙니다. 이렇게 된 이상 전 다른 방식으로 형님을 도울까 합니다."

"……?"

"무림의 힘이 크다고 해도 상계 또한 그에 못지않습니다. 저번에 얻은 수익을 이용해 최대한 형님의 뒤를 엄호하도록 하겠습니다."

"고맙구나."

"별 말씀을요. 형님 덕분에 구한 목숨입니다. 전혀 신경 쓰실 필요 없습니다."

전후영은 씩씩하게 답했다.


세 사람은 한 하천을 기점으로 헤어졌다.

물을 통해 최대한 흔적을 지우기 위해서였다.

진호는 말을 타고 가다 멈춰서 두 사람이 지평선 너머로 사라지는 모습을 보았다.

"잘한 것일까?"

스스로에게 자문해 보았지만 알 수 없었다.

사부들이 있었다면 뭐라고 말했을까?

궁금했지만 그것 또한 알 수 없었다.

모르는 것이 너무 많았다.

세상은 정말 알 수 없는 것 투성이었다.


분명한 것은 하나뿐.

이 길의 끝에 적이 있다는 것.

그 원한을 마무리 짓지 않고서는 다음 발걸음을 내디딜 수 없다는 사실만이 너무나도 뚜렷하게 자리하고 있었다.

第四章
돌입(突入)

산동성 단현(單縣).

산동성 남부의 제법 큰 도시로 주위로는 넉넉한 유량을 지닌 강과 이모작도 가능한 무척 기름진 땅을 끼고 있어 인구가 무척이나 많은 데다 옆으로는 하남과 강소, 밑으로는 안휘를 접한 교통의 요지이기도 했다.

상주하는 인구는 물론 유동인구 또한 무척이나 많아 제법 많은 재화와 사람이 오가는 무척이나 활기가 넘치는 도시였다.

당연히 재화가 많이 오가는 도시인만큼 그 재화를 차지하기 위한 경쟁 또한 치열했다.

엄청나게 오가는 재화를 두고 펼치는 상단들의 경쟁은 그
야말로 보이지 않는 칼날을 주고받는 것과 다름이 없었다.

본디 중원에서 상단만큼 치열한 업계가 바로 표국이었는
데, 이곳 단현에서만큼은 그 논리가 통용되지 않았다.

단현의 표국계는 단 하나의 표국에 의해 반쯤 독점되고 있
었다.

인구가 몇 천에 불과한 소도시가 아닌 십만이 넘어가는 대
도시의 상황이라고는 믿기 힘들었지만, 그 면면을 조금이라
도 살펴보면 누구나 다 고개를 끄덕일 수밖에 없었다.

단현을 틀어잡고 있는 등천표국(登天鏢局)은 바로 황보세
가에서 직접 운영하고 있는 표국이기 때문이었다.

구파나 오가의 속가나 방계가 만든 무관이나 문파도 그들
의 지역에선 꽤나 큰소리를 낸다는 것을 생각해 보면 황보세
가가 직접 개입한 등천표국이 단현의 표국계를 완전히 틀어
쥔 사실은 어찌 보면 당연한 일일지도 몰랐다.


등천표국의 국주는 황보세가의 원로 중 하나인 진악권(鎭
嶽拳) 황보만이었다.

다소 급격한 성향의 황보세가 중에서도 화급하고 급하기
로 유명한 그는 말보다는 주먹이 앞서는 이였다.

쇠심줄보다 질기다고 할 정도로 유난히 고집이 강하고, 한 번 정한 일은 태상장로인 황보무정이 나서 말려도 잘 듣지 않을 정도로 외골수이기도 했다.

그는 십 년 전 일으킨 사고로 인해 등천표국의 국주로 오게 되었는데, 일종의 좌천이라고도 볼 수 있었다.

지금도 등천표국 곳곳에 반쯤 박살 난 바위와 벽의 흔적들이 남아 있는데, 그것들의 대부분은 화를 삭이지 못한 황보만에 의해 생겨난 것이었다.

비록 반쯤 좌천형식으로 표국주가 되긴 했고 지독히도 폭급한 성격에 솔직히 대화가 거의 안 통하는 유형이긴 했지만, 능력으로만 보면 그는 제법, 아니, 훌륭한 표국주였다.

무공은 황보세가에서도 열 손가락 안에 꼽힐 정도로 고강했고, 상재 또한 어느 정도 가지고 있었으며, 무엇보다 엄청난 위압으로 사람들을 다루는 데 능했고, 사람을 상대하는 데에도 도가 터 있었다.

그는 순식간에 등천표국을 단현을 넘어 산동 남부를 대표하는 표국으로 만들어 버렸다.

덕분에 등천표국의 수입은 날이 갈수록 일취월장했고, 황보세가의 수입 중 상당한 부분을 차지할 정도로 그 비중이 커졌다.

황보세가가 요 근래 들어 다른 구파와 오가의 견제를 받을 정도로 세를 넓히는 데는 등천표국의 존재 또한 분명 커다란 몫을 하고 있었다.

황보만은 세가에 속한 대부분의 이처럼 가문에 대한 자부심으로 똘똘 뭉친 인물이었다.

사람이 외골수고 죽어라 가문의 말도 안 듣기는 하지만 그가 황보라는 이름을 가볍게 여기는 것은 아니었다. 그는 누구보다 황보의 이름에 대해 커다란 자부심을 가지고 있었고, 그 이름에 누를 끼치는 이는 설사 자신의 혈육이라 할지라도 용납지 않을 정도였다.

그런 그가 진호의 이야기를 듣고 격분하지 않을 리가 없었다.

게다가 진호의 손에 죽은 외단주 황보구품과 무림맹의 호법이었던 황보격은 그의 몇 안 되는 말이 통하는 지인이었다.

둘 모두를 죽인 이가 기껏 해봐야 이제 겨우 약관을 넘은 새파란 애송이고, 그가 감히 황보세가를 향해 복수를 선언했다는 사실은 그가 길길이 날뛰게 하기에 조금도 모자라지 않았다.

"호북에서 온다면 분명 단현 부근을 지날 것이다!!"

서슬이 퍼런 그의 외침에 등천표국의 표국원들이 마치 포졸들처럼 단현 곳곳을 수색하며 혹시 진호가 이곳을 지나고 있지 않은지 감시하곤 했다.

덕분에 때 아닌 긴장감이 단현 곳곳에 감돌고 있었다.

그 긴장감은 사정에 어두운 방랑객들이 혹여 전쟁이 일어
난 것이 아닌가 착각할 정도였다.


"하! 다른 이들의 도움 따위 없어도 나 혼자서 충분히 처리
할 수 있다!"

황보만은 근래에 전해진 서한을 내팽개쳤다.

"본가에서 오래 떨어져 있다하여 나를 물로 보는 거냐?"

보이지 않는 상대를 향해 씩씩대던 그는 손에 잡히는 것을
그대로 벽에다 던져 버렸다.

곡선은 유려하고 새겨진 선학(仙鶴)의 고아한 자태로 보아
꽤나 값비싸 보이는 도자기 하나가 벽에 부딪히며 완전히 박
살 나 버렸다.

분이 풀리지 않는 듯 여전히 인상을 구기고 있는 황보만은
지금 흘러가는 모든 상황이 마음에 들지 않았다.

황보세가를 박살내겠다고 선언한 진호가 아직 몸 성히 돌
아다니는 것도, 그리고 왠지는 모르겠지만 세가가 손을 놓고
그 광경을 지켜보고 있는 것 같은 꼴도 다 보기 싫었다.

마음 같아서는 표국 업무고 뭐고 다 접어버린 채 병력을 이
끌고 진호를 쫓고 싶지만, 업무와 계약이 엎어지며 닥쳐올 손

해를 생각하면 그럴 수도 없었다.

그때였다.

"국주님!"

누군가 문을 벌컥 열고 안으로 들어섰다.

본가에 있을 때부터 그의 심복이었던 조카 황보전충이었
다.

다급함이 어려 있는 그의 얼굴을 보며 황보만은 이마를 찌
푸렸다.

"무슨 일이냐?"

"붉은 신호탄이 터졌습니다."

"호오."

"단현 근방의 관도쯤입니다."

붉은 신호탄은 국주 직속의 명령을 수행하거나, 아니면 표
국의 존망이 걸린 일에만 사용하는 것이었다.

지금 표국을 위협할 만큼 급박한 상황은 없었다. 다른 세력
과 전쟁을 하고 있는 것도 아니었고, 그들을 위협하는 세력도
없었다.

그렇다면 신호탄이 의미하는 것은 하나밖에 없었다.

"찾았군."

황보만의 입가가 일그러지며 스산한 살기가 감돌기 시작
했다.

“…….”

오랫동안 황보만을 따랐음에도 그 스산한 살기는 익숙해지지가 않는지 황보전충은 몸을 부르르 떨었다.

하지만 그는 애써 표국 밖을 나설 필요가 없었다.


쾅.

가벼운 주먹질 한 방에 굵은 통나무로 만든 정문이 완전히 박살나며 날아갔다.

“웬 놈이냐!!”

이미 붉은 신호탄으로 인해 표국 내 남아 있는 모든 표두와 표사가 대기하고 있는 상태였다.

그리고 밖에서 수색하던 이들도 화급히 돌아오고 있었다.

“…….”

진호는 무표정한 얼굴로 주먹을 겨누는 그들을 지긋이 바라보았다.

누군가가 품속에서 용모파기를 꺼내들었다.

용모파기 속 그려진 것은 그들의 눈앞에 보이는 무표정한 얼굴과 거의 흡사했다.

“권뇌룡!! 권뇌룡이다!”

“여기가 어디라고 제 발로 찾아들어온 것이냐!!”

표국원들은 소리를 높이며 살기를 내뿜었다.

“어디긴, 황보세가의 떨거지들이 모인 곳이지.”

진호는 코웃음을 치며 입꼬리를 들어 올렸다.

“…이놈!!”

일반 표사들과 다르게 좀 더 진한 황색 무복을 입은 사내가 뛰어들었다.

그는 등천표국의 스무 표두 중 하나로 황보세가의 인물이었다.

그의 주먹에는 옅은 금색의 서기가 어려 있었다.

섬전처럼 날아온 그의 주먹은 진호의 얼굴을 노리고 있었다.

턱.

하지만 아쉽게도 목적을 이루는 것은 실패로 돌아갔다.

그의 주먹은 진호의 손바닥에 막혀 옴짝달싹도 하지 못한 채 그저 허공에 주저하고 있을 뿐이었다.

“으윽, 으…….”

진호의 손에 잡힌 주먹을 빼려 했으나 여의치 않았다. 게다가 진호의 손으로부터 끊임없이 흐르는 뇌기가 전신을 바늘로 찌르는 듯한 고통을 주고 있었다.

잡힌 오른손 대신 왼발을 차올리며 공격하려 했지만 어느새 그의 시야는 완전히 뒤집혀 있었다. 그리고 다시 보인 것은 회색빛의 벽이었다.

쿵.

커다란 충격과 함께 머리가 크게 흔들리며 갑자기 세상이 어둠에 잠겨들었다.

가볍게 던진 공깃돌처럼 날아간 표두의 몸은 벽과 거세게 부딪혔고, 그는 머리가 터진 듯 끊임없이 피를 쏟으며 바닥에서 부르르 떨고 있었다.

"이 망할 새끼가!!"

표사 두 명이 쓰러진 그 표두에게 달려가 점혈과 지혈을 통해 응급처리를 하는 사이, 다른 이들은 진호를 잡아먹을 듯 덤벼들 태세를 취하고 있었다.

"경거망동하지 마라!!"

그때 귀청이 떨어질 법한 커다란 소리가 그들 사이를 갈라 놓았다.

"국주님!!"

표국원들은 저편에서 신법을 통해 달려오는 이를 보며 환호성에 가깝게 소리 질렀다.

그 폭급한 성정으로 인해 표국원 중 누구도 그를 두려워하지 않는 이는 없었지만, 적과 싸울 때에는 그 누구보다 든든한 아군이었다.

그는 오가 중 하나인 황보세가에서도 열 손가락 안에 꼽히는 고수였고, 여태껏 그가 고전하는 모습은 단 한 번도 볼 수

가 없었다. 그만큼 그에 대한 표국원들의 믿음은 맹신에 가까
웠다.

바람을 가르며 쏜살처럼 내달렸음에도 바닥에 발을 디디
는 그 움직임은 평온하기 그지없었다.

"네놈이 권뇌룡인지 뭔지 하는 애송이로군."

진호를 앞에 두고 황보만은 낮게 중얼거렸다.

잔뜩 일그러진 그의 얼굴은 웃는 건지 역정을 내고 있는 건
지 도저히 구별 할 수가 없었다.

"이렇게 잘 알아봐 주니 자기소개를 따로 할 필요는 없겠
군."

"듣던 대로 꽤나 건방지게 입을 놀리는구나."

이죽이는 진호를 향해 황보만이 으르렁거렸다.

"여기가 황보세가에서 제법 중요한 곳이라고 하더군."

"후, 너 같은 무지렁이도 알 정도니까."

"황보세가에는 쌓인 원한이 많아서 말이야. 조금 박살 내
볼까 해서 말이지. 게다가 어차피 듣자 하니 이쪽도 제대로
된 방법으로 규모를 키운 게 아니던데 말이야."

"뭐라? 네놈 따위가 뭘 어쩌겠다고?"

"등천표국을 승천시켜주겠다, 그렇게 말했지."

"하하! 하룻강아지가 범 무서운 줄 모른다더니 딱 네놈이
그렇구나."

"그렇게 말하던 이는 아주 많았지. 황보 성을 가진 이들도 말이야. 근데 말이지. 그렇게 말했던 이들 중에 지금 멀쩡하게 서 있는 이는 눈 하나 없는 년밖에 남지 않은 것을 알고는 있나?"

"…하하!!"

황보만은 갑자기 하늘이 떠나가라 박장대소했다.

"그렇게 죽고 싶다면 소원을 들어주지."

그리고는 바스라 질듯 이를 악물었다.

황보만의 신형이 땅을 박차고 포탄처럼 쏘아졌다.

이제는 익숙해지기까지 한 황금색의 서기(瑞氣), 황금사자투기가 그의 전신에 짙게 어려 있었다.

뒤에서 지켜보는 이들의 얼굴에는 굳건한 믿음이 어려 있었다.

그들 또한 소문으로 진호의 무명을 익히 들었지만, 소문은 언제나 과장을 포함하고 있는 것이었다.

십의 소문을 까보면 대부분 대여섯조차 제대로 들어 있지 않는 경우가 태반이었다.

그에 반해 언제나 보아온 황보만의 무위는 오히려 소문이 다 담지 못했을 정도로 고강했다.

그런 그라면 절대 당하지는 않으리라. 아니, 되려 쉽게 이기지 않을까? 등천표국원 대부분은 그렇게 생각하고 있었다.

진호에게 내달리는 황보만의 주먹에 어린 짙은 금색의 기운이 그런 그들의 믿음을 뒷받침했다.

눈에 확연히 보일 정도로 구체화된 금색의 서기는 황금사자투기가 팔 성에 달한 자만이 낼 수 있는 증거와도 같았다.

그리고 황금사자투기가 팔 성에 달해 있는 이는 황보세가를 통틀어도 채 열도 되지 않았으며, 그중 가장 호전적이며 어찌 보면 가장 황보의 이름에 어울리는 이 중 하나가 바로 황보만이었다.

오랜 시간 황보만과 함께했기에, 그의 무위를 너무나도 잘 알기에 그들의 믿음은 반석처럼 실로 굳건했다.

하지만.

"암혼(暗魂), 뇌화(雷化)"

그들은 진호의 소문 또한 그를 다 담아내지 못했음을 전혀 생각조차 하지 못했다.

진호의 전신이 급격히 번개로 뒤덮이더니 그는 한줄기 번개가 되었다.

그리고 그와 동시에 짙푸른 번개가 모두의 시선 속에서 사라졌다.

"크악!!"

찰나도 지나지 않아 누군가의 처절한 비명이 사방에 울려 퍼졌다.

“마… 말도 안 돼!!”

퍼덕퍼덕.

무언가가 바닥에 떨어져 생선처럼 퍼덕거리고 있었다.

그리고.

그 주변은 더할 나위 없이 붉은 액체로 가득 적셔져 있었다.

“…으으!”

황보만은 골수를 치달리는 격통에 자신도 모르게 신음성을 내뱉었다.

왼팔이 통제대로 움직이지 않았다.

당연했다.

자그마한 피웅덩이 속에 퍼덕이고 있는 것이 황보만의 왼팔이었으니까.

믿을 수 없는 광경에도 오른손은 착실히 혈을 누르며 피를 막고 처치를 마쳤다. 그 광경은 그가 수많은 격전을 겪은 백전노장이라는 것을 여실히 보여주었다.

하지만 진호는 그에게 여유를 주지 않았다.

진호가 바닥을 박차자 깨진 돌 파편들이 진호의 가슴 높이로 솟아올랐다.

진호는 번개를 머금은 손으로 그것들을 때려냈다.

“마탄(魔彈).”

절대 빗나가지 않는 암왕의 투법(投法).

"이럴 수는 없어! 이럴 수는!!"

황보만은 남은 한 손으로 끊임없이 그를 향해 이빨을 뻗어대는 돌덩이들을 쳐냈다. 하지만 마치 생명이라도 가진 것처럼 튀어 되돌아오는 마탄은 그의 전신을 무차별하게 두들겼다. .

"쿨럭, 쿨럭."

결국 그는 피를 한 사발 쏟은 채 바닥에 무릎을 꿇었다.

진호는 조소하며 다가가 그의 머리를 밟았다.

"주… 죽여 버릴 테다. 반, 반드시 죽일 테다."

격통에 말조차 제대로 잇지 못하면서도 그의 눈빛은 조금도 쇠하지 않았다.

"할 수 있다면 얼마든지."

"구… 국주님!!"

표국원들이 대경하며 뛰쳐 오려 하자 진호는 황보만의 머리를 가볍게 바닥에 짓이겼다.

"크아아악!!"

그의 비명에 표국원들이 깜짝 놀라며 멈춰섰다.

"현명한 판단이야. 조금 방해받지 않고 이야기를 나누고 싶어서 말이야."

진호는 그들을 향해 입꼬리를 올렸다.

"네… 네놈!! 감히 누구를 건드렸는지 알고나 있는 것이냐?"

수석 표두이자 황보세가에서도 손꼽히는 고수인 황보

"이제 그 물음도 지겨운데 말이야. 너무 많이 들었어. 천가에서도, 너네의 방계에서도, 심지어 무림맹에서도 들었지. 그런데 왜 내가 여기 멀쩡히 서서 너희 국주의 머리를 밟고 있는지 알아?"

"……"

"그 같잖은 협박이 그야말로 공갈만도 못해서지. 그러니까 조금도 무섭지 않다고."

"갈기… 갈기 찢어버릴 테다. 크아아!"

진호는 얼굴을 반쯤 땅에 묻고 있음에도 원기 어린 말을 하는 황보만을 다시 바닥에 갈아버렸다.

"어이, 하고 싶은 말만 하지 말고 내 말도 좀 들어보라고. 묻고 싶은 것이 있어서 말이야."

진호의 입가에 걸린 미소가 더욱 짙어졌다.

"너희의 잘못이 뭐라고 생각하지?"

"응?"

"무슨 말을 하는 거냐?"

"…으으, 뭔… 개소리냐?"

표국원들의 반응도 황보만의 반응도 같았다.

“너희가 뭘 잘못했는지 아냐고 물었다.”

“헛소리는 냉큼 집어치우고 국주님에게서 떨어지지 못하겠느냐!!”

“그렇지 않으면 절대 성히 죽지 못할 것이다.”

“말이 통하지를 않는군.”

진호는 조소와 함께 한숨을 내뱉었다.

“가끔 이런 생각이 들어. 너희는 과연 나와 같은 인간이라는 개체가 맞기는 한 걸까?”

“개소리는 집어치워라!!”

“나도 그렇게 생각해. 도대체 무슨 말이 필요할까?”

콰직.

진호의 발이 무게를 더했다.

그리고 무언가 불쾌하기 그지없는 소리와 함께 붉은색의 액체와 회백색의 액체가 동시에 터져 나왔다.

“국… 국주님!!”

터져 버린 황보만의 머리를 보며 이성을 잃은 표국원들이 진호를 향해 달려들었다.

“이렇게 피와 피로밖에 대화가 통하질 않는데 말이야.”

나직이 중얼거리는 진호의 전신에는 짙푸른 번개가 사방으로 울부짖고 있었다.

“얼마나 남았지?”

“관도가 끝나가는 것을 보니 이제 곧입니다.”

“덥군.”

황의의 청년은 무언가 마음에 들지 않는 듯 인상을 구기고 있었다.

“왜 답신이 없지.”

“원래 그 사람이 그렇다.”

옆에 서 있던 노인 한 명이 말을 받았다.

“예전부터 붙임성이라곤 하나 없이 독불장군 같았지.”

“흐음.”

“그래도 가진 바 무력은 세가 내에서도 열 손가락 안에 꼽힐 정도로 높다. 분명 도움이 될 것이다.”

“그놈이 이 근방으로 향하고 있다고 했지요?”

노인은 조용히 그 말에 동의했다.

“간이 부은 놈이로군. 몰래 숨어들어도 모자랄 판국에.”

“그런 생각이 있는 놈이라면 황보의 이름에 덤벼들 생각도 하지 않았겠지.”

“그건 그렇군요.”

황의의 청년, 황보운천은 고개를 끄덕였다.

“음?”

황보운천 계파의 수장 황보주담은 불현듯 등을 타고 오르는 불길한 느낌에 콧등을 잔뜩 구겼다.

"무슨 일 있습니까?"

"아니, 아무것도 아니다."

황보주담은 무언가 마음에 걸리는지 수염을 쓰다듬었지만 내색하지는 않았다.

그때였다.

피잉.

저 멀리 자그마한 소리와 함께 여러 줄기의 붉은 불꽃이 솟아올랐다.

서로 새끼를 꼬듯 날아오르는 불꽃은 황보세가의 인물들에게 있어 낯익은 것이었다.

"붉은 신호. 여러 개를 꼬아놓았다?"

황보운천의 옆에 서 있던 그의 심복이 자신도 모르게 중얼거렸다.

"모두 전력을 다해 달려라. 무언가 변고가 생겼다."

황보주담의 낯빛이 어두워졌다.

저 붉은 신호가 뜻하는 바를 알고 있기 때문이었다.


"……."

표국 근처로 다가간 그들의 안색이 일그러졌다.

공기 중에 섞인 불쾌한 쇠 냄새 때문이었다.

엷은 혈향이 공기를 타고 사정없이 코 안으로 흘러들어오
고 있었다.

"에잇!"

황보운천은 굳게 닫힌 문이 마음에 들지 않는지 권력을 일
으켜 그대로 문을 박살 내 버렸다.

그리고 그와 함께 문 안의 광경이 그들의 눈에 들어왔다.

"세… 세상에."

그들 중 대부분은 자신도 모르게 침을 삼켰다. 목이 바싹바
싹 타올랐다.

낯익은 복식을 한 표국원들이 지천에 깔려 있었다.

바닥에 널브러져 붉은색으로 덧칠된 모양새가 마치 햇빛
에 고추를 말린 모양 같기도 했다. 그 정도로 눈앞에 보이는
광경은 무언가 비현실적인 느낌을 풍기고 있었다.

"혹시나 싶어 기다렸는데 잘되었군."

그리고 그 한가운데에는 비틀린 조소를 머금은 진호가 그
들을 기다리고 있었다.

"너희들에게도 하나 물어볼 것이 있는데 말이야."

한껏 입꼬리를 끌어올린 그의 미소가 더욱 짙어졌다.

*　　　*　　　*

"그나저나, 왜 운천에게 양보한 것이냐?"

태상장로의 심복, 황보진우가 물었다.

"단순한 변덕이에요."

황보은정은 찻잔을 기울였다.

한 근에 같은 무게의 금값보다 비싼 백차(白茶)의 향은 그야말로 각별했다.

코끝을 부드럽게 어루만지는 그 향이 그녀를 매우 흡족케 했다.

"흐음."

황보진우 또한 찻잔을 기울였다.

차에 그다지 취미가 없는 그로서도 만족스러움을 느끼게 할 정도로 차의 향은 무척이나 고아했다.

"혹시라도 운천이 그놈을 죽인다면 어떻게 할 것이냐?"

스윽.

그녀는 찻주전자를 기울여 황보진우의 빈 찻잔을 다시 채워주었다.

"둘째 오라버니는 천부적인 재능이 있죠. 오성은 분명 황보세가에서도 둘째가라면 서러워할 정도니까요. 하지만 그 오성에 만족해 시야가 극히 좁아요. 어쩌면 당연하겠죠. 깊게 생각하지 않아도 여태껏 대부분이 자신의 마음대로 되었을 테니까요. 그렇게 생각하면 오라버니의 행동은 무척 예측하기가 쉬워지죠. 오라버니는 그 싸움을 저를 깔아뭉개고, 자신의 지위와 명예를 드높일 둘도 없는 기회로 보고 있어요. 그게 자신의 목을 졸라맨다는 것도 모른 채.”

“…응?”

말보다는 주먹이, 생각보다는 행동이 앞서는 그로서는 황보은정의 말을 따라가기 힘들었다.

황보은정도 그를 배려할 생각이 없는지 그저 자신의 말을 이어나갔다.

“그러니 그는 절대 최선, 최대의 힘을 끌고 나가지 않아요. 적당한 힘을 가지고 완벽한 승리를 거둬야 최대한의 성과를 거둘 수 있다. 그렇게 생각할 테니까요. 그런데 그를 보지 못한 오라버니가 과연 그 적당한 힘을 조절할 수 있을까요?”

후후.

그녀는 낮게 미소 지었다.

그 미소는 무서울 정도로 섬뜩해 백전노장인 황보진우조차 자신도 모르게 살짝 어깨를 떨고 말았다.

“설마… 일부러 그를 사지로 밀어 넣은 것이냐?”

“일부러라뇨. 자업자득이죠. 전 분명히 기회를 줬어요. 그 기회를 살리지 못하고 죽는다면 그건 명백한 자신의 실수지, 그게 어디 제 책임이겠어요.”

그녀는 조소하며 찻잔을 기울였다.

"물론 그 기회를 살릴 수 있지는 않겠지만요."

코끝을 아우르는 향이 그녀를 무척 흡족케 했다.

진호를 이용해 후계 구도에서 걸리적거리는 말 하나를 치워버린다.

그것이 그녀의 계획이었고, 황보운천은 아주 멋들어지게 그녀의 의도대로 움직였다.

욱씬.

진호를 떠올리는 것만으로 그녀의 비어버린 눈이 고통을 호소했다.

세상에서 가장 아픈 것 중 하나가 사라진 부위가 가져다 주는 환통(幻痛)이라고 했던가.

얼마 전까지만 해도 그 고통에 미쳐 버릴 것 같았지만, 지금에 와서는 그 고통마저 반가웠다.

그녀는 욱씬거리는 안대를 쓰다듬으며 중얼거렸다.

"얼마 남지 않았어. 이제 곧 다시 만나게 될 거야."


*　　　*　　　*


번개가 내달렸다.

"커억!"

비명 소리가 뒤를 이었다.

“이 망할 새끼가!!”

거친 고함성과 함께 날카로운 권격이 몰아닥쳤다.

무섭게 타오르는 번개가 그 권격을 먹어 치워 버렸다.

“아아악!!”

전신이 타오르는 듯한 격통에 단말마를 내지르며 타버린 동체가 바닥에 주저앉았다.

진호는 무기질한 얼굴로 주먹을 털어냈다.

한껏 묻어 있던 피가 사방으로 비산하며 바닥을 적셨다.

주변은 모두 적으로 가득 차 있었다.

이글거리는 살의 어린 시선으로 모두 진호만으로 노려보고 있었다.

만일 시선만으로 사람을 죽일 수 있었다면 이미 난도질되지 않았을까? 진호는 피식 웃으며 실소를 내뱉었다.

여유가 생긴 건가?

아직 다른 팔황의 힘은 얻지 못한 상태였다.

다만 익혀낸 것, 무신과 만병제와 암왕의 힘은 이제 하나의 경지에 달했다고 말해도 모자라지 않을 정도였다.

물론 아직 사부들에 비하면 손색이 너무나도 확연히 존재하지만.

지직거리며 진호의 전신에서 피어오르는 번개가 혀를 널름거리며 다음 적을 찾고 있었다.

“죽여!! 저놈을 죽이란 말이야!!”

황보운천이 날 선 비명을 질렀다.

그의 왼손은 반쯤 뭉개져 있었다.

호기롭게 진호에게 달려들었다가 그대로 작살이 나버린
것이다.

그나마 팔이라도 멀쩡히 붙어 있는 것은 황보주담이 아슬
아슬하게 끼어들어 그를 구했기 때문이었다.

하지만 팔이 멀쩡하다고 손이 작살난 고통이 어디 가는 것
은 아니다.

당연할 정도로 엄청난 격통이 신경을 타고 그의 통각을 마
구 헤집어놓았다.

“아악!! 제길!! 뭐하고 있어 당장 죽이라니까!!”

“거 재잘재잘 되게 시끄럽군.”

진호는 그를 향해 낮게 조소했다.

“…놈!!”

측면에서 황보운천의 앞을 막아서며 진호를 견제하던 황
보주담이 으르렁거리며 진호를 노려보았다.

“이렇게 손수 찾아와 주다니 정말 몸둘 바를 모를 정도로
반갑군. 찾아갈 수고를 적당히 덜었어.”

입가에 걸린 미소가 짙어지는 것과 비례하듯 짙푸른 번개

가 사방을 헤집어놓았다.

"흐읍."

가볍게 숨을 머금은 진호가 그 숨을 뱉어내며 그와 동시에 주먹을 때려냈다.

신장의 뇌전과도 같은 일격이 바닥을 때리며 그 충격파를 사방으로 쏟아냈다.

피하려는 반응보다 빠른 충격파가 황보세가 무사들의 내부를 그대로 진탕시키고 찢어버렸다.

토해내는 피가 바닥을 잔뜩 적시고 비명 소리가 연달아 울려 퍼졌다.

"…아!!"

황보운천의 입이 벌어져 버렸다.

그는 겨우 사정권에서 몸을 날려 충격파를 피해냈지만, 눈에 보이는 광경은 피해내지 못한 이들의 말로를 여실히 보여주고 있었다.

오산이었다.

황보은정의 추측대로 그는 착각에 젖어 있었다.

소문은 소문일 뿐이라고, 소문만 거창하지 진호의 실체는 별거 아닐 거라 생각했다. 여태껏 실패를 몰랐던 그의 눈은 소문으로부터 제대로 된 정보를 뽑아내는 데 지극히도 무능했다.

그렇기에 그가 데리고 온 것은 황보세가의 사단 중 하나인 오호단(五虎團)의 일부, 서른 명 뿐이었다. 솔직히 이들조차 너무 과하다고 생각했다.

너무 과한 전력으로 뻔한 상대를 죽여서는 아무런 광고 효과가 생길 리 없었다. 하지만 황보주담의 간곡한 설득에 어쩔 수 없이 서른의 오호단과 함께 이리로 온 것이었다.

충분할 거라 생각했다. 아니, 너무 과하다고 생각했다.

분명 황보운천의 인지 속 진호의 존재는 딱 그 정도였다.

하지만.

눈에 보이는 진호의 모습은 그의 인지를 아득히 넘어서고 있었다.


세상이 모두 통제 하에 있는 기분이었다.

뇌전이 사방으로 뻗쳐 나가며 더할 나위 없는 정밀한 감각을 제공했다.

그리고 암혼의 기운이 언제라도 상대의 사각을 노릴 수 있는 기민함과 유연함을 가져다주었다.

변화가 필요하면 무기를 집어 들었다. 만병일원공이 절로 일어나며 적을 찢어버렸다.

팔성들을 상대하고 난 후 무언가 껍질을 벗어던진 것처럼 가진 바 힘의 경지가 더없이 깊어졌다.

사부들이 지금 옆에 없다는 감각이 배수의 진과도 같은 효과를 낸 것일까? 알 수 없었다.

분명한 것은 지금 자신은 이 강호의 그 누구와 싸워도 지지 않을 자신으로 충만하다는 사실이었다.


"오호단은 저놈의 발을 묶어라. 내가 직접 처리하겠다!!"

황보주담이 목소리를 높였다.

그의 등 뒤는 식은땀으로 축축했다.

말도 안 되는 위기였다. 상정조차 해본 적이 없었다.

'그 미소는 이걸 뜻한 것이었나?

아까 전 신호탄을 보았을 때 그가 떠올리며 불안감에 떨었던 것은 회의 도중 보였던 황보은정의 미소였다.

그녀는 이런 상황을 상정했던 것인가?

등골에 설로 소름을 돋아 올랐다.

'아니다. 그런 생각은 나중에 해도 된다.'

지금 먼저 생각해야 하는 것은 이 자리에서 살아남는 것. 진호를 죽여야 했다. 쓸데없는 잡상을 할 여유 따윈 조금도 없었다.

"챠아아압!"

오호단 중 한 명이 허리가 뜯겨 나가는 와중에도 진호의 발을 붙잡았다.

그 빈틈에 남은 이들이 달려들었다.

그리고 거기에는 황보주담 또한 녹아들어 있었다.

조금이라도 보일 빈틈을 비집어 격살할 생각이었다.

하지만 그의 생각은 처절할 정도로 빗나갔다.

"암혼(暗魂), 뇌화(雷化)."

진호의 입이 달싹임과 동시에 하늘에서 번개가 떨어지는 듯한 광경과 함께 진호의 전신이 푸른 뇌전으로 휩싸였다.

그리고 공기 속에 녹아들듯 황보주담의 시야 속에서 사라져 버렸다.

쉬이익.

진호를 향해 달려들던 이들은 펼쳐내는 권격 도중 바람을 가르는 화살과 같은 소리를 들었다.

촤악.

그리고 북을 찢어버리는 소리와 함께 사방에서 피분수가 터져 올랐다.

목이 뜯어져 나간 사람, 허리 부근이 찢어진 사람, 팔이 날아간 사람, 다리가 잘린 사람, 뇌화에 휩쓸린 범위에 따라 달랐지만 개중 멀쩡한 이는 단 하나도 없었다.

사정권에 든 이 모두 뇌화의 이빨에 무사하지 못했다.

"쿨럭."

황보주담 또한 내부를 진탕시키는 뇌기에 선홍빛 피를 한

웅큼 토해냈다.

"큭큭."

그의 입가에는 실소가 머물러 있었다.

오른손 팔꿈치 아래가 사라져 있었다.

분명 저 퍼덕거리는 결손 신체들 속에 자신의 것 또한 함께 있겠지.

하지만 생각할 여유도 존재하지 않았다.

진호의 몸이 다시 한 번 짙은 푸른빛과 함께 점멸하고 있었다.

황보주담은 전력을 다해 황금사자투기를 일으키며 그가 가장 자신있어하는 절기 노도사자권(怒濤獅子拳)을 펼쳐나갔다.

그러나 닥쳐오는 신형은 너무나도 빠르고 날카로웠다.

오른 팔꿈치의 결손이 가져다 준 초식의 빈틈을 정확히 파고 들어 찢어버리는 뇌화의 모습이 아주 천천히 눈을 타고 흘러들어왔다. 마치 박살이 나는 자신의 모습이 객관적으로 보이는 것 같았다. 주마등이라고나 할까? 이런 상대를 두고 여유를 부린 황보운천이나 그러면서도 그를 말리지 못한 자신이 한심스러워 그저 헛웃음밖에 나오지 않았다.

과연 본가는 그를 막을 수 있을까?

그는 더 이상 그 생각을 지속시키지 못했다.

하늘을 날며 부유한 황보주담의 머리가 거칠게 바닥을 뒹굴어 누군가의 발치에 닿았다.

"……아아."

경련이라도 일으키듯 뒷걸음질 치는 이는 방금까지 자신감과 오만함으로 가득 차 있던 청년, 황보운천이었다.

"오… 오호단!!"

자신의 든든한 뒷배가 되어 주었던 오호단을 목청 높여 외쳤지만 그중 멀쩡히 돌아다니는 이는 아무도 없었다.

셋이나 데려온 장로 또한 이미 사자의 세계로 떠나고 말았다.

그렇기에 황보운천은 홀로 맞이할 수밖에 없었다.

저 잔혹한 미소를 띠고 있는 사신의 방문을.

"이제 둘이 남았군. 어디 한 번 이야기나 좀 해볼까?"

여전히 남아 있는 푸른 뇌전의 잔영 아래 진호의 조소는 더없이 둔탁한 잔광을 발하고 있었다.


담현은 어느 날 갑자기 터진 사건에 일대 충격에 빠졌다.

막강한 힘과 강압으로 담현을 좌지우지 하던 등천표국이 하루아침에 불타 없어진 것이다.

등천표국이 득세한 것은 합리적인 경영과 국주의 혜안 때문이 아니었다. 힘을 통해 일을 주고 이나 삼사를 받아오는 불공정한 거래에 기반을 두고 있었던 만큼 표국의 성장은 다른 이들의 고혈 위에 이루어지고 있었다.

당연히 망한 표국과 상단도 부지기수였고, 그 몰락이 진행형이던 곳 또한 많았다.

그렇기에 사람들은 등천표국이 불타올랐다는 소식에 소리죽여 환호하면서도 차오르는 불안에 밤을 지새웠다.

당연했다.

등천표국은 홀로 선 세력이 아니었다. 그들은 황보세가에 기반을 두고 있었고, 황보세가는 중원의 중심이라고도 불리는 오가의 일원이었다. 당연히 무언가 불똥이 튈 가능성이 무척이나 높았다.

낮아진 권위를 세우는 방법으로는 힘을 과시하는 것이 제일이었고, 그러는 와중에 어떤 일이 벌어질지는 아무도 알수 없었다.

하지만 다행히도 그들이 불안에 떨던 일은 아무것도 벌어지지 않았다.

황보세가 또한 그런 것 따위에 신경을 쓸 여유가 없기 때문이었다.


"불쌍한 오라버니. 무림인에게 있어 제일 중요한 덕목이 눈이라는 것을 이제는 깨달았나요? 제 한쪽 눈이 오라버니의

양 눈보다 훨씬 낫네요.”

황보은정은 수습되어 처리된 황보운천의 머리를 붙잡고 속삭였다.

그의 얼굴은 지독한 공포로 얼룩져 있었다.

도대체 무엇을 본 것일까?

다른 이들은 황보운천의 수급을 보고 침음성을 삼켰지만, 황보은정만은 무언가 익숙함을 느꼈다.

아마 천가에서 자신이 느꼈던 감정이, 그리고 다른 이들이 느꼈던 것이 이와 같겠지.

이제 정말 지근이었다. 거리로도, 시간으로도.

얼마 있지 않으면 조우하게 되는 것이다.

그녀는 안대 위 비어버린 눈을 매만졌다.

“걱정 마세요. 오라버니. 그 원한은 제가 꼭 갚아드릴 테니까요.”

그녀는 한 손에 든 수급을 향해 섬뜩한 미소를 머금었다.

第五章
재전(再戰)

진호는 순조롭게 나아가고 있었다.

홀로인만큼 그 기동성과 은밀함은 전보다 훨씬 뛰어났다.

산동은 그야말로 황보세가의 완전한 권역 아래 놓여 있었다.

홀로 황보세가의 모두를 동시에 상대하겠다는 생각은 조금도 없었다.

천가와의 싸움에서 그랬듯, 지금 진호의 선택은 유격과 그를 막기 위해 오는 적들을 각개격파 하는 것이었다.

하지만 좀처럼 황보세가의 반응은 없었다.

등천표국과 같은 황보세가의 수족들이 하나둘 불태워 사라짐에도 그들은 쉽사리 움직이지 않았다.

대신 다른 이들이 진호의 감각에 걸려들었다.

그들은 구파와 오가가 제각기 몰래 내보낸 이였다.

자신의 정체를 숨기고 서로 견제하던 그들은 진호의 흔적이 들쑥날쑥 사라지면서 혼란을 겪기 시작했고, 그 와중에 서로의 존재를 들키면서 마찰을 겪고 있었다.

시비가 커져 싸움이 벌어지기도 했다. 그리고 진호는 그 와중을 놓치지 않았다.

한 명도 살려두지 않았다.

어차피 자신의 욕심에 젖어 아무것도 보지 못하는 이들이었다. 게다가 살려둔다 하여 달라지는 것은 아무것도 없었다. 거기에 분명 진호는 그들에게 단단히 경고했다.

자신의 길을 막으면 절대 용서치 않겠다고. 그 경고를 어기고 검을 겨눈 이들을 굳이 살려둘 이유는 없었다.

죽은 이들을 대신할 이는 많았다.

구파와 오가가 팔황에 대한 단서를 포기할 리는 없었다.

'상관없어.'

진호는 낮게 중얼거렸다.

어차피 앞을 가로막는 이는 모두 부숴 버릴 뿐이었다.

그나마 진호의 마음이 놓이는 것은 오가 중 남궁세가의 모습은 보이지 않는다는 것 정도였다.

진호는 의창에서 그와 검을 겨누었던 남궁원이 마음에 들었다.

그렇기에 웬만하면 남궁세가와는 척을 지고 싶지는 않았다. 어쩔 수 없는 경우라면 모르겠지만, 다행히도 그들 또한 이 진흙탕에 몸을 담그지는 않았다.

'남 소저는 어떠려나.'

문득 진호의 뇌리에 그녀의 환한 얼굴이 스쳐 지나갔다.

자신도 모르게 입가에 미소가 어렸다.

분명 별일 없을 것이다.

이런 한 치 앞도 알 수 없는 진흙탕이 아니라면 그녀의 검은 웬만해선 꺾일 리가 없으니까.

전후영은 무척 신기하게도 어떤 방식으로든 진호에게 연락을 취해왔다.

지나가던 상단도, 찻집의 주인도, 인력거를 끌던 인부도, 전후영의 소식을 전하는 정보통이 되어주었다.

그와 함께 강호의 동태와 여러 가지 도움이 될 만한 것들 또한 함께 진호의 손에 들어왔다.

눈에 띄지 않게 이동할 수 있는 동선과 다소 맘 편히 있을 수 있는 안가도 있었다.

과연 전후영이 말했던 뒤에서의 도움이 무엇인지 진호는

확실히 깨달을 수 있었다. 물론 종종 그의 모습이 떠오르긴 했지만.

힘이 되고 싶습니다. 언제든 의지해 주세요. 서한에는 그 렇게 적혀 있었다.

손에 든 서한을 정성스레 품에 집어넣는 진호의 입가에는 역시 자연스런 미소가 어려 있었다.

*　　　*　　　*


황보세가의 본가가 있는 제남으로 향하는 길이었다.

시선을 피해 진호는 산을 타고 있었다.

해가 남쪽을 넘어 서쪽으로 향하고 있을 때 진호의 발이 닿은 곳은 산중턱에 위치한 한 마을이었다.

화전을 일구며 살아가는 이들이 모여 만든 곳으로 보였다.

저 멀리 능선 너머 반쯤 타버린 나무들과 그 아래 개간되고 있는 밭이 눈에 들어왔다.

마침 식량이 떨어져 보급이 필요한 상태였기에 진호는 마을 안으로 들어섰다.

마을 안은 무척이나 고요했다.

사람이 사는 흔적은 군데군데 눈에 띄었지만 정작 아무도 보이지 않았다.

'모두 일이라도 나간건가?

농사에 대해서 경험해 본 적이 없는 진호였기에 이런 화전 민에 대한 지식은 부족할 수밖에 없었다. 그나마 화전에 대해 아는 것이라고 해봐야 여행 도중 남운령에게 들은 것 정도였 다.

"흠……."

굳이 기다릴 필요 없이 능선 너머에 화전이 있었으니 가보 면 될 문제였다.

진호는 발걸음을 옮겼다.

마을은 전체적으로 장식이나 멋을 부리는 자잘한 것이 하 나도 보이지 않아 단출한 느낌이었지만 절대 초라하지는 않 았다.

마을에 대한 사람들의 감정이 느껴진다고나 할까.

진호는 마을을 걸으며 문득 생각에 잠겼다.

이런 마을에서 태어났다면 자신은 어떤 삶을 살았을까?

행복했을까?

적어도 무한의 빈민가와 같지는 않았겠지.

그렇게 하루하루 전쟁과도 같은 나날을 살아가진 않았겠 지.

피식.

자신도 모르게 웃음이 흘러나왔다.

쓸데없는 생각이다.

있지도 않았던 상상을 해본들 지금의 자신에게 아무런 도움이 될 리가 없었다.

괜히 기분만 나빠질 뿐이었다.

"후우."

진호는 가볍게 한숨을 내쉰 후 다시금 발걸음을 옮겼다.


이질감을 느낀 것은 얼마 지나지 않아서였다.

무언가 끈적거리는 기분이 피부 한편을 스치고 지나갔다.

찰나지간의 감각이었다.

분명 습도가 높은 여름이기에 착각할 수도 있는 그런 불쾌한 감각의 일종이었다.

분명 무시할 수도 있었다.

단지 좀 피곤한 탓일 수도 있었다.

하지만 무언가 걸리는 것이 있었다.

아니, 이런 느낌을 분명 예전에 느껴본 적이 있었다.

'어디였지?

진호는 걸음을 멈추고 생각에 잠겼다.

그때 불현듯 기억 하나가 수면 위로 솟아올랐다.

'진(陣)!! 진법 안이다!'

깨달음과 동시에 진호의 전신에서 푸른 뇌기가 어리더니

그의 몸이 번개처럼 앞으로 내달렸다.

하지만 그보다 진이 공간을 먹어치우는 속도가 빨랐다.

'……'

진호의 콧잔등이 일그러졌다.

주변의 공기가 완전히 달라져 있었다.

지극히 무거운 느낌.

'어디서 느낀 건가 했더니……'

진호는 낮게 중얼거렸다.

불길하면서도 익숙한 기분은 그가 이 진에 한 번 당해보았기에 새겨진 기억이었다.

잔무환혼진(殘霧幻魂陣).

사람을 미혹시키고 찍어 누르는 안개가 사방에 자욱이 깔려 있었다.

제갈세가가 자랑하는, 한 명이 펼쳐 능히 천을 상대한다는 절진이 진호를 중심으로 전개되었다.


몸이 지극히 무거웠다.

주변의 공기가 의지를 가지고 진호를 압박하고 있는 것 같았다.

감각 또한 멀쩡치 않았다.

시야는 자욱한 안개로 인해 흐리고, 코로는 알 수 없는 고

약한 향이, 귀로는 불쾌한 잔향음이 청각을 방해했고, 거미줄
에 뒤덮인 듯 촉각 또한 멀쩡치 않았다.

그 불쾌한 기분은 예전 느꼈던 것과 분명 같은 궤를 하고
있었지만, 그보다 몇 배는 더 지독해져 있었다.

'후우.'

내쉬는 숨결조차 무겁고 진득한 것이 편치 않았다.

진호가 기를 발하는 것조차 진은 허용하려 들지 않았다.

팔황의 기운이 꿈틀대는 것만큼이나 진은 강하게 진호를
압박했다.

'곤란하군.'

진호는 낮게 중얼거렸다.

사각사각.

무언가 바닥을 스치고 지나가는 소리가 들렸다.

정확히 어디인지 감을 잡을 수가 없었다.

귀에 감도는 불쾌한 잔음이 청각을 통한 위치의 정확한 판
별을 계속 가로막고 있었다.

좌악.

진호는 기척이 느껴짐과 동시에 몸을 틀었다.

사악.

무복이 갈라지는 소리와 함께 붉은 상흔 하나가 피부에 그
려졌다.

‘늦어.’

반응도 늦고, 팔황의 기운이 일어나는 시간도 느렸다.

보통이라면 분명 천갑(天甲)이 막아냈어야 할 공격이었다.

하지만 천갑의 반응이 분명 공격 이후로 이루어졌다.

진에 의한 작용이었다.

잔무환혼진은 강력하게 진호를 억누르고 있었다.

사각사각.

거친 소리가 연달아 울려 퍼졌다.

불쾌한 잔향음이 있어 감각이 저해가 될 망정, 이 소리들이 일제히 다가오고 있다는 것 정도는 눈치챌 수 있었다.

진호는 뇌기를 일으켰다.

몸이 형언할 수 없을 정도로 무거웠지만 어떻게든 버텨냈다.

뇌기를 최대한 막처럼 얇게 펼쳐 감각의 대용으로 삼았다.

대처는 그나마 적절했다.

내려꽂히는 날카로운 무언가를 좀 더 쉽게 피해낼 수 있었다.

‘도(刀)로군.’

진호는 옆을 스쳐가는 무기들을 보았다.

도신은 무척이나 얇았지만 달처럼 휘어 있었다.

비슷한 무기를 본 기억이 있었다.

반월도에서 운남의 용병들이 저런 무기를 썼다.

'만도(彎刀)라고 하던가.'

그런 무기를 쓰는 이들은 기억에 없었다.

공격은 쉴 새 없이 닥쳐왔다.

옆으로 가르는 도를 중심으로 진호가 피하는 동선에 맞춰 사방에서 만도의 폭풍이 몰아쳤다.

진호는 뇌기로 펼친 감각에 베어오는 도를 인식하자마자 철판교의 수법으로 몸을 눕혀 피해낸 후 몸을 일으키는 탄력으로 나머지 공격의 사정권에서 벗어났다.

공격은 마치 기관처럼 정교하게 이어졌다.

분명 하나하나의 공격은 맹수처럼 사나웠지만, 연계되는 그 흐름은 마치 하나의 생물과도 같이 유기적이었다.

물론 전력을 낼 수 있다면 그 상대가 퍽 어렵지는 않겠다만 지금은 사 할의 힘도 버거운 느낌이었다.

스윽.

베어오는 도가 얼굴을 스치고 지나갔다.

오른 눈 밑이 베이며 핏방울이 맺히기 시작했다. 다행히 상처는 깊지 않았지만 안도할 여유 따윈 없었다.

허벅지가 베이고 오른 상완이 찢어졌다.

허리를 베고 지나가는 공격을 피해내다 어깻죽지가 길게 찢어졌다.

‘좋지 않아.’

진호의 눈이 낮게 가라앉았다.

좀처럼 감각에 잡히지 않는데다 적의 수를 파악할 수 없었기에 전력을 낼 수조차 없었다.

사 할의 힘이라도 일순 발휘한다면 주변의 적을 제압할 수는 있겠지만, 그건 분명 뒤를 바라보지 않는 전략이었다.

귀찮은 것은 마치 생물처럼 밀어내는 진의 효용 때문에 암혼류를 사용하지 못한다는 점이었다.

이들이 동화되듯 모습을 감춰도 같은 수로 암혼류를 펼친다면 저들 또한 진호를 찾을 수가 없을 것이었다.

하지만 그게 불가능하니 다소 곤란해질 수밖에 없었다.

진호는 팔을 휘둘러 머리로 향하는 도를 걷어내고는 곧바로 오른다리로 바닥을 휩쓸듯 걷어차며 발목을 노리는 도격들을 막아냈다.

‘그나저나.’

진호의 신경을 자극하는 것은 또 있었다.

이들이 펼치는 도법이 어딘가 낮이 익었다.

분명 요 근래 많은 도법을 상대하긴 했지만, 불쾌함까지 하는 것은 그리 많지 않을 터였다.

도가 팔을 스치고 지나가더니 옛 흉터를 건드렸다.

반월도에서 입은 흉터였다.

그 순간 진호의 기억이 살아났다.

"흑영대."

그랬다.

이들의 도법에선 흑영대가 펼치던 무공과 비슷한 궤의 투로가 느껴졌다.

지독히 실전적이며 개개인 또한 훌륭한 암살검이자 수와도 같지만 뭉치면 뭉칠수록 한 몸처럼 강해지는 종류의 무공은 절대 흔치 않았다.

"너희들 칠영단이로군."

진호의 입가에 걸린 미소가 짙어졌다.

위치를 확연히 알고 있는 황보세가에 반해 칠영단의 본거지는 철저히 비밀에 붙여져 있었다. 그렇기에 그들이 먼저 오는 것을 기다릴 수밖에 없었다. 오매불망 기다리던 그들이 이제야 자신의 목을 노리고 온 것이다.

"그래, 우리는 칠영단의 처리부대 혈영대다. 칠영단의 형제를 해한 너를 처리하기 위해 왔다."

신경질적인 목소리가 진호의 말을 받았다.

"제갈세가와 잘도 손을 잡았군."

진호가 중얼거렸다.

"너를 죽이기 위해 수단을 가릴 필요는 없으니까. 흑영대주의 원한 여기서 갚아주도록 하지."

"…할 수 있다면 얼마든지 해보라고."

진호는 낮게 눈을 내리깔며 감각을 집중했다.

그러던 도중 무언가 머리를 스치고 지나갔다.

진이 설치되어 있었다는 말은, 그리고 그들이 매복하고 있었다는 말은 분명 자신이 어디로 갈지 알고 있었다는 말이다.

'…나를 기다린 건가.'

최대한 동선을 흩뜨려 놓았건만, 적은 자신의 꼬리를 잡아냈다.

'그렇다는 말은.'

이 동선은 전후영이 제시한 길 중 하나였다.

'그 녀석이 위험해!!'

진호의 안색이 창백해졌다.

분명 무슨 변고가 생긴 것이 확실했다.

'아니겠지. 아닐 거야.'

확신은 할 수 없었다. 하지만 전후영과는 별도로 자신의 동선을 파악했기를 진호는 빌고 또 빌었다.

전후영을 통했다는 말은 그의 목숨이 반쯤 경각에 달했거나 이미 칼날의 이슬이 되었다는 말과도 같았으니까.

지직.

진호의 전신에 뇌기가 감돌기 시작했다.

팔황의 기운이 움직임과 동시에 주변의 진의 움직임이 거세지며 무섭도록 진호를 찍어 누르기 시작했지만 그딴 것은 조금도 상관없었다.

이번에는 지켜야 했다.

전후영을.

자신을 향해 미소 짓던 소년을.

약속해 놓고 지키지 못했던 태일을 닮은 그를, 이번에는 넋 놓고 보낼 수는 없었다.

또 칠영단에게 잃을 수는 없었다.

아이들의 목소리가 뇌리 한편을 때리고 지나갔다.

바득.

진호는 자신도 모르게 이를 갈았다.

뇌가가 점점 더 거세지기 시작했다.

진의 반작용으로 진호에게 가해지는 압력은 이제 숨조차 쉬기 힘들 지경까지 왔지만 진호는 조금도 개의치 않았다.

"파천일뢰(破天一雷)."

낮게 읊조린 진호의 주먹이 대지를 통타했다.

터질 듯 담긴 뇌기가 진의 압력을 밀어내고 사방으로 뻗어 나갔다.

"크윽."

전신이 지져지는 고통에 참을 수 없는 신음성이 여기저기 서 울려 퍼졌다.

하지만 전력이 아니었기에 원하는 만큼의 피해는 나오지
않았다.

상관없었다.

뒤를 볼 시간조차 없었다.

지체하면 또 같은 일을 반복하게 된다.

절대.

절대로.

구해내고 말테다.

이번에야말로. 진호는 그렇게 되뇌고 또 되뇌었다.


진호는 모르고 있었지만 그나마 다행인 것은 혈영대 또한
사정이 좋지 않기는 매한가지라는 사실이었다.

잔무환혼진의 유일한 단점은 피아 구별에 있었다. 한마디
로 제대로 움직일 수 있는 이는 제갈세가의 몇몇 이에 한 정
된다는 소리였다. 물론 특수한 주술로 그 압박을 줄일 수는
있었다.

덕분에 혈영대 또한 몸이 평소와는 다르게 무겁다 생각하
고 있었다. 물론 그래봐야 진호가 받는 압력의 십분지 일에도
미치지 못했지만.

진호의 손이 만도를 집어 들었다.

일원만병공이 일어나며 만도의 목소리와 공명하기 시작

했다.

우우웅.

만도가 울기 시작했다.

짙은 우림을 가로지르는 폭우와도 같은 도초가 사방으로 퍼져 나갔다.

일원만병공이 손에 잡은 도와 공명해 그려낸 도법은 말 그대로 폭우와 같았다. 지독히도 빠르고 그 궤적은 종잡을 수 없는데다 비를 막아도 옷이 젖어가듯 막아도 막은 것이 아니었다.

짙은 뇌기 또한 만도와 함께 어우러지고 있었다.

"아악!"

낮은 비명이 허공을 갈랐다.

손으로는 잡을 수 없는 바람처럼 혈영대의 도를 스치듯 지나가 목을 베어버렸다.

앞에 몇 명이 있든 상관없었다.

드넓은 대지에 있는 이상 쏟아지는 폭우의 사정권에서 벗어날 수 없었다.

"방어를 좀 더 견고히 해! 분명 저놈도 인간이다. 잔무환혼진 내에서라면 평소의 몇 배는 기가 낭비된다. 시간을 끌어 지칠 때까지 기다리는 거다."

소리치는 목소리는 방금 전 대화를 나누었던 혈영대주의

것이었다.

진형이 뭉치기 시작했다.

그리고는 역삼각형의 형태로 진호의 앞에 섰다.

역삼재진을 다수로 펼쳐낸 것이었다.

시간을 끌어 진호가 지치기를 기다리기로 한 것이다.

하지만 진호는 그럴 시간이 없었다.

"여유가 없어."

지직.

진호 주변의 뇌기가 미친 듯 요동치기 시작했다.

주변을 압박하던 뿌연 안개와 진호의 뇌기가 끊임없이 맞부딪치고 있었다.

처음에는 잔무환혼진의 안개가 뇌기를 억지로 찍어 눌렀지만 시간이 흐를수록 형국이 바뀌어가더니 종내에는 확연히 뇌기가 안개를 밀어내고 있었다.

"너희들과 투덕거릴 시간 따위는."

아직 진호가 품은 증오의 색은 분명 더할 나위 없이 붉었다.

하지만 그런 증오마저도 옆에 있는 사람을 구하기 위해서라면 조금의 무게조차 가지지 않았다.

복수는 언제든 할 수 있다.

지금이 아니더라도.

하지만 목숨은 그렇지 않다.

한 번 사그라든 생명은 다시는 타오르지 않는다.

"뇌화(雷化)."

타오르는 뇌전이 진호의 전신을 살라먹었다.

비유의 의미가 아닌 말 그대로 진호는 한줄기 번개가 되었다.

"막아!! 진 밖으로 나가지 못하게 해!!"

혈영대주의 목소리는 급박하기 그지없었다.

그들로서는 진 밖의 진호를 상대할 여력이 없었다.

칠영단이 중원 최대의 청부단체고 그들의 힘이 웬만한 문파를 가볍게 넘어선다고 해도, 전력의 진호는 상대하기가 벅찼다.

설령 가능하다해도 그 피해는 실로 추산키 힘들 것이다.

혈영대 전원은 그 사실을 잘 알고 있었기에 전력을 다해 번개가 되어 내달리는 진호의 신형을 막아섰다.

하지만.

필사의 각오를 품은 진호의 뇌화는 빠르고 강건했으며 절대 물러서지 않았다.

펑.

둔탁한 파육음과 함께 막아서던 첫째 열의 이들이 폭탄이라도 맞은 듯 터져 나갔다.

그리고 다음 열의 이들은 그 충격을 이기지 못하고 뒤를 때굴때굴 공처럼 굴렀다.

더 이상 앞을 막아서는 이는 없었다.

진호는 진의 한편으로 달려나갔다.

[그렇다고 이 잔무환혼진에서 빠져나갈 수 있을 것 같으냐]?

강건하면서도 오만함이 어려 있는 목소리는 진호에게도 낯설지 않았다.

'패군 제갈천패.'

과거 진호와 일전을 겨루었던 팔성이 여기에 있었다.

'……'

진호의 얼굴이 일그러졌다.

과연 그랬다. 잔무환혼진을 펼치기라도 할 수 있는 이는 제갈세가 내에서도 열 손가락에 꼽힐 정도였다. 그리고 잔무환혼진을 제대로 다룰 수 있는 이는 기껏해야 두서넛 정도였다.

그리고 그중에서 진호에게 원한을 가지고 적극적으로 나설 이라면 하나밖에 없었다.

뇌화의 힘으로 그대로 가로막는 진의 경계면을 뚫어버리려 했지만 여의치 않았다.

마치 진의 모든 힘이 진호를 막기 위해 앞에 모인 것 마냥 진호는 그 경계면에서 한 치도 나아갈 수 없었다.

보이지 않는 벽이 앞에 있는 듯했다.

파천일뢰를 때려내도, 만병일원공을 펼쳐내도 바닷물에 물 한 바가지를 퍼 넣은 것 마냥 사라져 버렸다.

[저번과 똑같이 생각하지 말아라. 그건 어디까지나 간이로 펼친 진에 불과하니까 말이야. 이번엔 철저히 준비했다. 그건 완성의 경지에 달한 잔무환혼진이다. 그리고 너는 거기서 절대 빠져나가지 못한다.]

그의 목소리에는 자신이 펼친 완벽한 진에 대한 자신감이 잔뜩 묻어났다.

[죽기 전엔 말이야. 잔무환혼진의 압박에 짓눌려 괴로워하다 무력감에 휩싸여 뒈져 버려라!]

그는 씹듯이 증오에 쌓인 말을 내뱉었다.

진호와의 싸움은 그에게 있어 절대 잊을 수 없는 치욕과도 같은 일이었다. 단 한 번의 실패도 겪지 않았던 그의 상처에 제대로 줄을 그어버린 것이다.

하지만 그런 놈을, 자신의 유일한 오점을 여기서 지워버릴 수 있게 되었다.

그래서일까? 내뱉는 증오의 말 한편에는 더없는 기쁨의 색이 녹아 있었다.

진호의 안색이 흐려졌다.

어느새 쓰러진 혈영대가 몸을 추스르고 진호를 향해 몸을 날리기 시작했다.

시간이 없었다.

더 이상 지체했다가는 전후영을 구하기는커녕 자신조차 빠져나갈 수 없을 지도 몰랐다.

[발악해 봐야 무소용이다. 넌 어차피 벌레일 뿐이니까.]

제갈천패의 조소가 진 가득 울려 퍼졌다.

'방법이…….'

문득 진호의 눈이 감겼다.

기억을 더듬었다.

더듬는 기억은 시간을 넘어 과거로 가 환상과도 같은 공간 속 시간에 발을 들이밀었다.

도원향.

그곳에서 사부들, 팔황과의 만남이 있었다.

그곳에서 진호는 많은 것을 배웠다.

그리고 팔황 중에는 능히 세상 모든 진법의 주인이라 불릴 이 또한 있었다.

물론 진호는 그 사부의 천분지 일도 받아들이지 못했다.

하지만 그는, 그 사부는 헤어지기에 앞서 진호에게 작은 선물을 주었다.

한 번, 단 한 번이라면 앞을 가로막는 모든 진을 굴복시킬 수 있는 절세의 힘을.

진호는 크게 숨을 머금었다.

전신의 기가 요동치며 팔황의 기운을 끌어내었다.

내쉰 숨에 기운이 잔뜩 어리기 시작했다.

그리고 그 숨을 내뱉음과 동시에 진호는 발했다.

언령(言靈)! 만진위앙(萬陣威仰)!

"나! 세상 모든 술법 위에 있는 자! 천존(天尊)의 이름을 빌려 명하니, 굴복하라! 받들라! 사라져라!"

모든 진이 그 위엄에 절로 무릎을 꿇고 받드는 언령이 진호의 입을 통해 터져 나왔다.

그 순간 세상이 마치 살아 있는 것처럼 꿈틀거리기 시작했다.

그리고 꿈틀거리던 세상은 마치 진호에게 무릎을 꿇듯 구겨졌다.

진호는 그 구겨진 공간이 잔무환혼진을 이루는 진체(眞體)라는 것을 불현듯 알 수 있었다.

그렇게 구겨진 잔무환혼진은 일순 비명성과 같은 쇳소리를 내더니 일제히 터져 나갔다.

쏴아아.

안개를 이루던 물방울이 전부 비처럼 바닥으로 쏟아져 내렸다.

"…마, 말도 안 돼."

허탈한 웃음소리가 흘러나왔다.

제갈천패는 믿을 수 없다는 듯 자신도 모르게 입을 반쯤 벌리고 있었다.

"어, 어떻게?"

"그딴 건 중요하지 않아."

진호는 나직한 목소리로 입을 열었다.

"중요한 건 말이지."

그의 전신에는 사방으로 튀어 다니는 뇌기가 어려 있었다.

"지금 내가 많이 급하다는 거야."

진호는 제갈천패의 반대편으로 뛰쳐나갔다.

제갈천패는 그를 쫓지 못했다.

완성에 가까운 잔무환혼진은 시전자와 심령을 통해 연결되어 있었다.

진과 시전자의 교감을 통해 더욱 강한 효과를 발휘하는 것이었다.

하지만 방금 진호가 발한 언령이 잔무환혼진의 진체를 종잇장처럼 뭉개 버렸다.

당연히 그와 심령이 연결되어 있던 제갈천패에게 그 여파가 없을 리 없었다.

"쿨럭."

그는 주먹만 한 선홍빛 핏덩어리를 바닥에 뱉어냈다.

그 생명을 닮은 선홍빛이 내상이 결코 작지 않음을 알려주
고 있었다.

물론 진호는 조금도 신경 쓰지 않았다.

그와 투덕거릴 조금의 시간조차 아까웠다.

지금은 그야말로 찰나의 시간조차 아쉬울 때였다.

하지만.

"어딜 가시나."

내달리는 진호의 앞을 황색 무복의 사내들이 막아섰다.

익숙한 기운, 황보세가의 무인들이었다.

그리고.

"이제야 보는군."

그들 사이에서 익숙한 목소리가 흘러나왔다.

인파를 가르며 걸어 나온 검은 궁장의 미녀는 지독히도 섬
뜩한 미소를 머금으며 진호와 시선을 마주했다.

第六章
단장(斷腸)

“황보은정.”

진호는 으르렁거리듯 그 이름을 내뱉었다.

“오랜만이네, 당신. 진호.”

그녀는 반가운 건지 화를 내는 건지 알 수 없는 표정을 한 채 진호에게서 눈을 떼지 않았다.

하나 남은 오른 눈동자가 파르라니 빛나며 진호를 노려보고 있었다.

“무척이나 바쁜 얼굴인데?”

진호의 얼굴에 어린 다급함을 보아서인가?

그녀는 느긋함을 과시하듯 깍지를 낀 팔로 머리를 받치며
조소를 머금었다.

"……."

진호의 얼굴에 여유의 조각이 점점 더 자취를 감추고 있었
다.

좋지 않았다.

"달라졌군."

황보은정의 기세는 예전과는 완전히 달랐다.

그리고 맞받는 말도, 사람에게서 느껴지는 분위기도 달라
졌다.

정말 다른 이라고 해도 믿을 정도였다.

"그래? 덕분이지. 어쨌든 알아봐 주니 고마워."

똑같이 미인이 짓는 미소련만 싱그러운 남운령의 것과는
달리 황보은정의 그것은 섬뜩하기 그지없었다.

그녀의 기세가 서서히 퍼져 나왔다.

황보세가 특유의 은은한 금빛 서기가 아니었다.

그 기운은 어둠조차 집어킬 정도로 검은 빛을 띠고 있었다.

"바쁜데 어떡하나? 나는 쉽게 보내줄 생각이 없거든. 오랜
만에 봐서 그런지 말이야. 너무 반갑네."

진호가 그녀의 눈을 파고 조롱하던 투 그대로 그녀 또한 똑
같이 말하고 있었다.

“…….”

“이쪽으로도 못 간다!!”

이미 뒤편에는 혈영대의 포위망이 완성되어 있었다.

그리고 전면에는 황보은정을 위시한 황보세가의 무사들이 자리하고 있었다.

게다가 무시무시한 기세를 품은 노인 한 명이 다소 떨어진 곳에서 진호를 바라보고 있었다.

‘저 자가 태상장로인가……’

진호는 본능적으로 그 기운을 발하는 자의 정체를 알아차렸다.

예전 남해무문으로부터 얻었던 정보 속에 황보세가에서 가장 굵은 글씨로 강조된 두 사람 중 하나였다.

그까지 가세한다면 솔직히 이들을 뚫는 데 얼마의 시간이 걸릴 지 차마 예상할 수가 없었다.

“어쩔 수 없어. 원하는 바가 있거든. 네 그 잘난 주먹으로 이뤄내는 수밖에 말이야.”

“…그런 것 같군.”

진호는 낮게 중얼거렸다.

“하나 묻지.”

“마음대로.”

“전후영을 어떻게 했나?”

"전후영? 아아, 그 꼬마 말이야? 아주 제대로 대접을 받고 있지. 아주 귀한 대접 말이야."

"……."

"지금쯤 아마 별세상을 보고 있을 거야. 그런 꼬마가 언제 그런 세상을 구경이나 해보겠어. 아마 당장에라도 이 세상을 떠나고 싶을 걸."

질끈.

진호는 두 눈을 감았다.

시간이 없었다.

전후영은 이미 그들에게 잡힌 듯했다.

아니, 섣부른 판단은 금물이었다.

가장 먼저 선행되는 것은 황보은정을 다시 한 번 붙잡는 것이다.

그리고 거래의 재료로 쓴다.

지직, 지직.

진호는 단전에서 팔황의 기운을 있는 대로 끌어올렸다.

그의 전신에서 그야말로 벼락이 내리치듯 뇌기가 사방으로 터지듯 퍼져 나갔다.

"그쪽도 꽤 많이 늘었는데. 몰라보겠군."

"잡담 나눌 시간은 없다."

"그건 그쪽 사정이고."

짝.

그녀의 박수 소리에 맞춰 주변에 있던 황보세가의 무인들이 앞을 가로막았다.

분명 황보운천이 이끌던 오호단과 비슷한 연배였지만, 품고 있는 기세는 이쪽이 더 우월했다.

"태상장로께서 손수 기른 이들이야. 사자대(獅子隊)라고 해."

그들은 굳건하게 진호의 앞을 막아섰다.

"설마 내가 바로 싸워줄 거라고 생각한 건 아니지? 그랬다면 자의식 과잉이든지, 아니면 머리가 모자라든지 둘 중 하나겠네."

후후.

그녀는 시종일관 조소와 함께 진호를 응시하고 있었다.

입가는 웃고 있었지만 파르라게 빛나는 한 눈은 딱딱하게 굳어 있었다. 그 대비가 그녀의 모습을 더욱 섬뜩하게 만들었다.

"쳐라!"

함성은 뒤쪽에서 먼저 울렸다.

혈영대가 만도를 빼어 들고 달려나왔다.

진호는 이를 악물며 한 발을 크게 내디뎠다.

양쪽 전부를 신경 쓸 여유는 없었다.

일점 돌파.

"암혼(暗魂). 뇌화(雷化)."

진호는 처음부터 가진 바 최고의 수를 꺼내들었다.

전신에 휩싸인 전격의 줄기가 일렁이듯 시야에서 모습을 감추었다.

그리고 진호가 발을 박차는 순간 뇌전이 내달렸다.

"미안. 그거 조금 많이 봤거든."

하지만 황보은정의 입가에 매달린 조소가 짙어지는 순간, 사자대의 무사들이 일제히 한 방향으로 권격을 찔러 넣었다.

그 방향은 지극히 공교롭게도 뇌전이 된 진호의 호흡과 동선을 절묘히 가로막는 지점이었다.

하나의 주먹이라면 능히 뚫고 지나가겠지만, 그것이 서른이 넘는 절정 고수의 주먹이라면 버거웠다.

퍽! 퍽! 퍽! 퍽!

공방일체의 수법 뇌화로 내달리는 진호의 동선을 주먹들이 소나기처럼 두들겼다.

하나는 버텨냈다. 둘, 셋, 넷, 다섯도 버텨냈다.

열 개의 주먹을 뚫어냈고, 스물의 주먹도 뚫었다.

하지만 서른의 주먹은 넘어서지 못했다.

"큭."

진호는 열 발자국 물러서 한쪽 무릎을 꿇고 주저앉았다

“지쳤나 보네. 힘이 좀 모자라 보여.”

그녀는 안쓰러운 듯 혀를 차며 말했다.

“그 기술 말이야, 제법 신묘하긴 한데 말이야. 저분에게 두 번 이상 본 기술은 그다지 통하지가 않아.”

그녀의 고갯짓 끝에는 뒷짐을 진 황보무정이 무심한 눈으로 진호를 바라보고 있었다.

“후우.”

진호는 그녀의 말을 귀담아 듣지 않았다.

이성을 잃으면 안 된다.

그 말만을 몇 번이고 되뇌고 있었다.

황보은정의 말이 맞았다.

잔무환혼진 내에서 혈영대와 싸우며 진호는 생각보다 많은 힘을 소진한 상태였다.

잔무환혼진 속에서 진호의 십분지의 일에 불과한 압박을 받은 혈영대의 대다수도 지금 숨을 헐떡거리는 이가 태반일 정도로 지친 상태였다.

당연히 그 진을 정면으로 뚫고 나온 진호의 상태가 좋을 리 없었다.

게다가 진을 부수는 과정에서 사용한 언령에 내공을 과하게 소진하고 말았다.

천존의 공(功)은 진호와 상성이 좋지 않았다. 그렇기에 그의 가르침을 배워도 앎의 경지에는 달하지 못하고 있었다. 그것을 억지로 사용한 것이다. 부담이 없기를 바라는 것은 너무 과한 바람이었다.

하지만 상관없었다.

어떻게든 뚫고 나간다.

그렇게 정한 이상 진호는 절대 굴할 생각이 없었다.

후우.

다시 한 번 호흡을 머금었다.

일격에 뚫지 못한다면 조금씩 앞으로 나아갈 뿐이다.

"뇌화(雷化)."

전신에 뇌전을 기운을 덮고는 한줄기 번개가 된 진호는 뒤를 덮쳐오는 혈영대의 인원을 날려버리고는 앞으로 내달렸다.

사자대의 무사가 앞을 막아섰다. 옆에도 뒤로도 달려와 순식간에 진호를 포위했다.

신경 쓰지 않은 채 그대로 정면을 향해 오른 주먹을 때려 박았다.

지직거리는 뇌기와 함께 번개처럼 우권이 솟구치며 사자대의 얼굴을 날려버렸다.

퍼억! 퍽!

하지만 그 대가로 등과 허리에 일 권씩을 허용하고 말았다.

휘청거리는 몸의 균형을 다시 잡으며 진호는 허리를 돌려 그 활 같은 탄력을 더해 다른 사자대원의 가슴을 그대로 박살 내 버렸다. 가슴을 뚫고 간 주먹으로 그의 시체를 들어 덮쳐 오는 다음 공격을 막아내고는 그 시체를 던져 그들을 밀어냈다.

그와 동시에 뇌기를 머금은 발이 솟구치며 막아서는 방어를 뚫은 채 두 명을 동시에 날려 버렸다.

포탄처럼 날아간 둘은 바위에 등을 들이박고는 구겨진 인형처럼 바닥에 널브러졌다.

하지만 방어를 도외시한 대가는 계속 진호의 몸에 쌓여가고 있었다.

어느새 혈영대도 다가와 만도를 휘두르고 있었다.

게다가 누적된 피로로 인해 몸마저 제대로 말을 듣지 않았다.

그러나 진호의 눈빛은 여전히 조금도 쇠하지 않았다.

타오르는 눈은 진호가 아직 조금도 포기하지 않았음을 알려주고 있었다.

"마탄(魔彈)."

바닥을 차올려 솟구친 돌들을 암왕의 수법으로 발출했다.

뇌기를 머금고 쏘아진 돌들이 사방을 헤집으며 지친 이들을 요격했다.

하지만 여전히 혈영대의 수는 많았고, 사자대는 그들 사이에서 몸을 숨긴 채 진호의 빈틈을 노리고 있었다.

앞과 뒤를 포위한 형국에서 이젠 둥글게 진호를 감싼 모양새가 되어버렸다.

"이거, 생각보다 별로잖아? 좀 더 힘을 내봐. 흥이 나질 않아, 흥이."

황보은정은 기뻐하는 건지 짜증내는 건지 구별할 수 없는 투로 말을 내뱉고 있었다.

"아무래도 날뛸 동기를 제공해야겠는데?"

딱.

그녀가 손가락을 튀기자 한쪽 편에서 건장한 남자 하나가 자루를 메고 나타났다.

무언가 둔중한 느낌이 나는 회색 자루는 위가 끈으로 단단히 묶여 있었다.

"까."

"네!"

우렁찬 대답 소리와 함께 자루가 열렸다.

그리고 진호에게 지극히 익숙한 인영이 모습을 드러냈다.

"후영아!"

진호는 자신도 모르게 소리를 내질렀다.

거기에는 반쯤 넝마가 된 전후영이 양팔이 뒤로 묶이고 양

발도 묶여 옴짝달싹도 못한 채 바닥을 뒹굴고 있었다.

"깨워."

"네!"

퍽.

거친 발길질이 전후영의 명치에 틀어박혔다.

"컥!"

숨이 턱 막히는 비명 소리와 함께 전후영이 거친 숨을 어떻게든 내뱉으려 애를 쓰며 바닥을 구르고 있었다.

명치에 틀어박힌 발길질에 숨조차 제대로 쉴 수 없는 것 같았다.

"으으."

으득.

진호의 이빨이 부서질 듯 갈려 나갔다.

"그래, 그 눈빛이야. 내 눈을 파헤쳤을 때의 그 눈빛. 너무도 그리웠어. 그 눈이."

그녀는 무엇이 우스운지 얼굴 한 가득 웃음을 매달고 있었다.

"좀 더 발버둥 쳐 보라고. 벌레면 벌레답게 바닥을 기면서 말이야. 그러지 않으면 이 불쌍한 아이가 그만큼 고통받을 테니 말이야."

퍽.

다시 한 번 발길질이 전후영의 복부에 틀어박혔다.

이번에는 비명조차 지르지 못 하고 공처럼 바닥만 뒹굴 뿐이었다.

이미 전후영의 상태는 만신창이로 밖에 보이지 않았다.

드러난 피부는 모두 시뻘겋게 피멍이 들어 있었고, 반쯤 찢어진 상의 사이로 드러난 가슴은 거의 난자되어 있었다.

"형님?"

퉁퉁 부어 거의 떠지지도 않는 눈동자가 진호에게 향했다. 다 터진 입에서 언제나 활기차던 목소리가 반쯤 가버린 채 새어 나오고 있었다.

"……그래."

"…죄송합니다. …꼭 은혜를 갚겠다고 그렇게 큰소리를 쳤는데."

"말이 많은 것 같지 않아? 응?"

퍽.

그녀의 말이 떨어지기가 무섭게 거한의 발길질이 전후영의 복부에 박혔다.

"으억."

바닥을 구르는 전후영의 모습은 공기 빠진 가죽주머니 같았다.

"…구해주마."

진호는 낮게 하지만 이 자리 누구의 귀도 놓치지 않을 정도로 또렷하게 말했다.

"반드시."

"…네, 절대 의심하지 않습니다. 전 형님의 동생이니까요."

*　　　*　　　*

진호는 울부짖듯 함성과 함께 앞으로 내달렸다.

그의 주먹이 허공을 가로지를 때마다 번개가 몰아쳤고, 사각을 뚫고 암혼의 일격이 적들에게 밀어닥쳤다.

하지만 적 또한 쇠하지 않는 기세로 진호에게 맞서고 있었다.

동료가 일격에 맞고 죽어 나가도 그들은 꿋꿋이 진호의 몸에 칼 한 방이라도, 주먹 한 방이라도 박아 넣기 위해 달려들었다.

얼마나 주먹을 더 휘둘렀을까?

숨이 가빠왔다.

언제나 끝없는 활력을 주던 팔황의 힘이 말라가는 것 같았다.

적도 많이 줄어들었다.

백 오십이 넘던 혈영대는 이미 삼분지 이가 바닥에 얼굴을 묻은 상태였고, 사자대 또한 절반 가까이 수가 줄어들었다.

그래도 여전히 칠십에 달하는 인원이 진호를 포위하고 있었다.


"하아. 하아."

진호는 거친 숨을 내뱉었다.

여전히 그의 주변에 위협적인 뇌기가 흐르고 있었지만 처음에 비하면 분명 그 기세는 눈에 띄게 줄어든 상태였다.

하지만 그의 눈은 조금도 쇠하지 않은 채 팔짱을 낀 채 관망하는 황보은정에게, 그리고 그 뒤 고통에 몸부림치는 전후영에게 향해 있었다.

숨을 크게 들이켜며 호흡을 가라앉혔다.

"이제 지친거야? 흐음, 이거 안타까워. 기대에 계속 미치지 못하네. 좀 더 발버둥 쳐보라고. 조금 더."

그녀의 붉은빛 가죽 당혜(唐鞋)가 전후영의 머리를 밟더니 이내 바닥에 짓이기기 시작했다.

"으악!"

거친 비명이 울려 퍼지기 시작했다.

"그만!!"

진호는 고함성과 함께 전력으로 뇌기를 발출했다.

"김빠지게 하지 마. 정말 기대하고 있으니까."

으득.

진호는 이를 악물며 한 발을 내디뎠다.

아직 때가 되지 않았다.

조금 더.

조금만 더 기다려야 했다.

그렇게 진호는 되뇌고 또 되뇌었다.

그러지 않으면 정말 분노로 이성을 놓아버릴 것 같았으니까.

바닥에 엎어져 고통에 퍼덕이는 전후영의 모습에 계속 아이들의 잔영이 겹치고 있었다.

귓가로는 그들의 고통스런 신음성이 계속 잔향처럼 울리고 있었고, 각막에는 그 마지막 모습이 달라붙어 떨어지지 않았다.

미칠 것 같은 이성을 억지로 부여잡는 것은 지금 자신이 정신을 놓는다면, 이 자리에서는 빠져나갈 수 있을망정 전후영을 구하지는 못할 것이라는 그런 불길한 예감 때문이었다.

진호와 상성이 맞아 쉽게 받아들일 수 있는 팔황은 셋이었다.

무신과 만병제, 암왕. 진호는 이 셋의 무공을 받아들였고, 이제 거의 대부분을 자신의 힘으로 녹여냈다.

하지만 그에 반해 남은 다섯, 독황과 천존, 그리고 나머지 셋의 경우는 상성이 그리 좋지 못했다.

충분히 받아들일 그릇은 되지만 그것은 오랜 수련이 동반되어야 가능한 것이었다.

그렇기에 그들은 도원향에서 헤어지기 전 진호에게 선물을 하나씩 남겼다.

천존에게서 받은 선물은 아까 전 진호가 사용한 단 한 번의 언령이었다.

독황에게서 받은 선물은 남호상을 치료한 집독법이었다.

그리고 하나, 세상에서 가장 빠른 사내에게 받은 선물이 있었다.

으득.

진호는 다시 한 번 이를 악물었다.

팔황의 기운이 단전에서 미친 듯 솟구치더니 이내 양 다리를 향해 몰려가기 시작했다.

그리고 진호의 눈이 일순 빛을 발하며 한 지점을 응시했다.

그와 동시에 진호의 몸이 사라졌다.

암혼류의 수법으로 사각으로 빠진 것이 아니었다.

말 그대로 광속(光速)과도 같은 빠르기로 사라진 것과도 같이 보인 것이다.

광룡(光龍)의 비전(秘傳). 천리일광(千里一光).

같은 팔황조차, 아니, 세상 그 누구도 따라잡지 못했던 무인의 일보가 오랜 시간을 뛰어넘어 그 모습을 드러냈다.

진호는 겨우 몸을 멈춰 세웠다

"하아, 하아."

다리가 찢어지는 것 같았다.

아직 체득하지 못한 기예를 무리해서 사용했기 때문이었다.

그조차도 광룡이 남긴 선물과도 같기에 다음엔 사용조차 할 수 없었다. 그것을 다시 사용하려 마음먹는 순간 다리의 경혈은 모두 갈기갈기 찢어져 걷는 것조차 못하는 불구가 되어버릴 수도 있었다.

어쨌든 성과는 있었다.

"후우."

내쉬는 진호의 숨결에는 한줄기 안도감이 어려 있었다.

어느새 그의 품속에는 전후영이 안겨 있었다.


"……."

주변은 침묵으로 잠겨 있었다.

혈영대와 사자대는 방금 자신이 본 것을 믿지 못하는 듯 눈을 비비고 있었다.

아니, 방금 전 광경을 얼핏이라도 관측한 이는 이 자리를 통틀어 단 세 명에 불과했다.

"호오, 빠르네."

그녀는 진호가 전후영을 탈취해 갔음에도 지극히 여유로운 얼굴로 여전한 조소를 머금고 있었다.

"겨우 구한 것은 좋지만 네가 그렇게 지쳐서야 뭐라도 하겠어?"

그녀는 일그러진 미소와 함께 진호를 향해 다가왔다.

"기회를 줄게. 나를 잡아봐."

그녀는 양손을 펼치며 가슴을 내밀었다.

"물론 할 수 있다면 말이야."

그와 동시에 그녀의 주변에서 검은 기운이 피어오르기 시작했다.

"……."

진호는 콧잔등을 찌푸렸다.

황보은정의 생각이 무엇인지는 알 수 없었다.

하지만 분명한 것은 그녀를 붙잡으면 이 난국을 헤쳐 나갈 수 있다는 점이었다.

기력만 다시 회복하면 얼마든 다시 이들과 맞서 싸울 수 있었다.

"…형님."

그전에 진호는 전후영의 전신을 구속한 동아줄을 끊어버렸다.

하지만 전후영의 몸은 움직이지 않았다.

"아! 가문의 비전 점혈로 꾹꾹 눌러놓았거든. 풀려면 제법 고생 좀 해야 할 걸?"

깔깔 교소를 내뱉는 그녀를 바라보며 진호는 몸을 일으켰다.

그의 전신에서는 뇌기가 퍼져 나오고 있었다.

"예전과는 아주 많이 다를 거야."

그녀는 살짝 혀를 내밀어 입술을 핥았다.

"……."

진호는 답 대신 그녀를 향해 내달렸다.

용천혈로 쇄도한 기운을 일순에 박차며 포탄처럼 신형을 날렸다.

낙뢰보(落雷步)를 밟은 진호의 신형이 눈 깜짝할 사이 황보은정의 코앞에 닿았다.

그리고 연달아 일뢰가 터져 나왔다.

동시에 장전한 연노(連弩)처럼 진호의 주먹이 일순 한꺼번에 쏟아졌다.

하지만 황보은정은 아주 여유로운 손길로 그 공격들을 맞섰 나갔다.

그녀의 손에는 검은 기운이 수갑(手甲)처럼 어려 있었다.

마치 화가 날 대로 난 사자를 달래는 듯 요요로운 손길로 그녀는 진호의 일뢰를 모두 막아냈다.

"사자반산신수(獅子返山神手). 본가에서도 세 손가락 안에 드는 절공이지."

그녀는 여유로움을 드러내듯 가볍게 말을 늘어놓았다.

그와 동시에 검은 기운이 어린 그녀의 손이 묘한 곡선을 그리며 움직이기 시작했다.

얼굴을 찌를 듯 허리를 노리고, 다리를 노릴 듯 팔을 꺾으려 들었다. 좀처럼 종잡을 수 없는 수법(手功)이었다. 거기에 불길함을 담고 있는 검은 기운이 그 손에 잡히는 모든 것을 바스러뜨리듯 잔광을 뿌리고 있었다.


지친 몸은 솔직히 마음대로 움직이지 않았다.

뇌화는 물론이고 파천일뢰조차 제대로 써낼 수 있을 지 의문이었다.

그런 반면 상대하는 손은 무척 위협적이었다.

진호는 사방을 압박하며 조여 오는 손을 일뢰로 쳐내며 뒤로 물러섰다.

손을 통해 스며들어 오는 검은 기운이 진호의 발을 물러서게 했다.

갑작스레 그녀의 손이 날카롭게 모여들더니 일순 진호의 심장을 노리고 찔러졌다.

진호는 가장 익숙한 낙뢰보를 밟으며 손의 궤적에서 벗어났지만 그녀의 손은 뱀의 머리처럼 궤도를 틀며 진호를 쫓아왔다.

그리고 동시에 그녀의 다른 손 또한 같은 모양새를 취하더니 진호의 허리를 노리기 시작했다.

양손을 동시에 막아내는 진호의 손이 무척이나 분주히 움직였다.

"힘들어? 좀 쉬면서 해도 돼. 물론 그동안 눈알 하나 정도는 내가 빼가겠지만."

그녀는 조소를 머금으며 진호를 밀어붙였다.

진호는 조금의 동요도 없는 모습으로 그저 그녀의 공격을 기계적으로 막아내고 있었다.

혈영대와 사자대에게 입은 내상이 내부를 진탕시키고, 칼로 베인 자상이 찢어져 피가 방울지며 흘러내리고 있었다.

그녀의 손은 끈질기게 진호의 빈틈을 비집고 들어왔다.

"…큭."

결국 일뢰가 끊어진 틈을 타 찔러온 일수가 진호의 가슴을 통타했다.

순간 천갑이 일어나 충격을 막아섰지만 여의치 않았다.

“쿨럭.”

역낙뢰보를 밟아 순간 거리를 벌리며 진호는 검은 핏덩어리를 뱉어냈다.

핏덩어리 속 찢어진 내장 조각이 진호의 내상이 점점 심해지고 있음을 단적으로 보여주었다.

그럼에도 진호는 여전히 쇠하지 않은 눈으로 다음 공격을 기다리고 있었다.

힘이 들었다.

숨이 턱까지 차올랐고, 허파는 지금이라도 입 밖으로 튀어나올 듯 격렬히 움직이고 있었다.

전신의 근육이 일제히 울어젖히며 통증을 호소했고, 눈은 지금이라도 감길 듯 피로에 절어 있었다.

포기하지 않았다.

포기할 생각은 조금도 없었다.

고작 여기서 포기할 정도로 나약했다면 애초에 반월도에서 살아남지도 못했을 것이다.

“후우.”

진호는 다시 한 번 호흡을 가다듬었다.

힘이 빠진 것인지 힘을 뺀 것인지 허리춤에 올린 주먹이 참으로 마음에 들었다.

“이제 포기? 흐음.”

그녀는 여전히 짜증내는 건지 기뻐하는 건지 알 수 없는 조소를 짓고 있었다.

그녀의 손이 다시 한 번 허공을 검게 수놓았다.

사방을 압박하는 수공은 요요로운 빛을 뿌리며 도무지 짐작키 힘든 궤도를 그리고 있었다.

몇 번이고 일뢰를 뻗어 방어에 전념해 보았지만, 사자반산 신수의 묘용은 생각보다 훨씬 뛰어났다.

그렇기에 오히려 신경 쓰지 않았다.

이상하게도 진호의 머릿속에 떠오르는 것은 하나의 심상.

아니, 언제나 위기에 처했을 때 떠오르는 것은 단 하나의 모습이었다.

너무나도 아름답고, 너무나도 강건했던 무신의 일권.

그것은 도원향이라는 반선의 세계마저 일격에 반파시키는 무의 이치에 달한 주먹이었다.

닿을 수 있을까?

언젠가는 그것에 닿을 수 있을까?

진호의 마음을 언제나 가득 메운 질문이었다.

할 수 있다. 해낸다고 스스로를 세뇌하듯 되뇌었지만 언제나 자신이 있는 것은 아니었다.

그만큼 무신의 일권은 고절하고 강했으니까.

하지만 지금은 왠지 그 조금의 편린 정도는, 아니, 십분지

일 정도는 따라갈 수 있을 것 같은 기분이 들었다.

몸에 힘이 빠져서 그런가? 격렬한 전투가 무언가 깨달음이라도 불러온 것 일가?

이유는 알 수 없었다.

확실한 것은,

내딛는 발의 진각이.

뒤틀리는 발과 무릎의 회전이.

허리를 통해 솟구치는 탄력이.

어깨와 팔을 통해 전달되는 경력이.

그리고 뻗어지는 주먹의 궤도가.

썩 마음에 들었다는 점이었다.


방금까지 몰아넣은 쥐를 괴롭히듯 압박을 가하던 황보은정은 갑작스레 기세가 쇠해 버린 진호를 보며 잠시 고개를 갸웃했다.

무언가 포기한 듯 달관한 듯, 그의 주변에서 느껴지던 하늘을 찌를 듯 패도적인 기세는 모두 사라져 있었다.

눈가의 주름이 절로 깊어졌다.

'벌써 포기하는 거야?'

이래서야 내가 그렇게 기다린 보람이 없잖아.

그녀는 낮게 혀를 찼다.

'조금만 더 힘을 내보라고.'

그렇게 홀로 중얼거리며 진호를 향해 다음 수를 펼쳐내려 할 때였다.

쉬위잉.

그녀의 귀로 무언가 낯선 소리가 흘러 들어왔다.

'응?'

무언가 신경을 자극하는 소리였다.

사자반산신수를 펼치는 와중에도 무척 신경에 거슬리는 소리의 근원을 찾던 그녀는 그 소리가 어디서 흘러나오고 있는지 알아챘다.

모여들고 있었다.

허리에 힘없이 올려진 진호의 주먹으로.

공기도, 기운도, 기세도, 아니, 그 주변의 모든 것이.

그녀는 순식간에 진호가 자리한 공간이 그 주먹 하나로 압축되어가는 것 같은 착각에 빠졌다.

알았다.

알 수밖에 없었다. 그녀는 원래 팔성 급, 아니, 그 이상의 재능을 타고난 무인이었다. 그 재능을 자각한 지금 그녀가 저 주먹에 모여드는 것이 무언가 위험하다는 것을 깨닫지 못할 리는 없었다.

하지만 그럼에도 그녀의 입가에는 묘한 미소가 감돌고 있었다.

자신의 상대가 아직 포기하지 않았다는 기쁨에서 오는 미소인지, 아니면 이 장난감이 부숴지지 않았다는데서 오는 환희인지는 알 수가 없었다.

생각할 겨를도 없었으니까.

진호의 주먹에서 모여드는 기세는 그가 진각을 밟음과 동시에 대지에서 그 힘을 더욱 끌어올려 무릎과 허리, 어깨와 팔꿈치의 회전과 탄력으로 증폭시켰다.

그리고 일 점. 한 주먹으로 때려냈다.

쿠.

주먹이 나오려는 시점에서 그녀는 무언가 격동이 시작되는 소리를 들었다.

쿠아앙!

그리고 주먹이 뻗어지는 순간, 여태껏 진호의 주먹으로 모여든 모든 것이 일제히 터져 나오는 환영을 보았다.

동시에 그녀의 손이 바쁘게 움직였다.

그녀의 이성도 본능도 합일하여 단전에서 기운을 뽑아내고 전신의 근육을 긴장시키며 상황을 분석하고 최선의 수를 뽑아냈다.

본래 출수하던 초식을 거두어들이고 그녀의 손이 다시 내뻗은 것은 사자반산신수의 절초 굉맹천엽(轟猛千葉)이었다.

포권하듯 모인 그녀의 손이 앞으로 뻗어지는 순간 막강한 경력을 담은 천 개의 수영(手影)이 전방을 가득 덮었다.


콰콰쾅!

그들의 싸움을 바라보던 이들은 두 사람의 공격이 마주치는 순간 터져 나온 굉음에 귀를 틀어막았다.

미처 늦은 이들의 귀에서는 무언가가 터졌는지 피가 흘러나오고 있었다.

귀를 막지 않고도 멀쩡한 이는 막강한 내공을 두른 황보무정뿐이었다.

솟아오른 흙먼지가 두 사람의 맞부딪친 결과의 확인을 방해하고 있었다.

잠시 시간이 흐르고, 사방에 자욱이 피어오른 흙먼지가 가라앉은 뒤에야 사람들은 두 사람의 모습을 볼 수 있게 되었다.

두 사람 다 맞부딪친 자리에서 몇 발자국이나 물러나 있었다.

하지만 그 세부는 분명 달랐다.

황보은정은 바닥에 한쪽 무릎을 꿇은 채 가슴 한편을 부여잡고 있었다.

그녀의 분홍빛 입술은 더 없이 붉어져 있었다. 한줄기 붉은 피가 그녀의 입을 타고 흘러내렸다.

백지장보다 더 창백한 인상이 그녀가 일격의 교환에서 손해를 보았음을 알게 해주었다.

그에 반해 진호의 안색은 그다지 달라지지 않았다. 물론 방금 전에도 좋지 않긴 했으나 거기서 더 나빠지진 않아보였다.

그는 물러서 전후영의 앞을 지키듯 서 있었다.

전후영은 아직 점혈이 풀리지 않은 듯 바닥에 누워 있었다.

사방을 모두 바라보는 진호의 눈은 날카롭게 빛나고 있었다.

방금 전 주먹은 무엇이었을까?

그러는 와중에도 생각 한편에선 방금 때려낸 주먹의 감촉을 끊임없이 붙잡으려 애쓰고 있었다.

단순한 우연일까? 다시 하라고 하면 할 수 있을까? 알 수 없었다. 하지만 분명한 것은 진호가 그렇게도 가고 싶어 하던 길 위에 단 한 번이나마 발을 올려놓았다는 점이었다.

여전히 몸 상태는 좋지 않았다.

지칠 만큼 지쳤고, 팔황의 기운도 반쯤 고갈된 상태였다.

하지만 이상할 만큼의 자신감이 조금씩 생겨나고 있었다.

할 수 있다는 기분이 전신으로 퍼져 가고 있었다.

진호의 입가에 옅은 미소가 걸렸다.

"호오. 역시 제법이네. 역시 지금까지 참고 기다린 보람이 있어."

입가를 타고 흘러내리는 피를 손등으로 닦아내 털어버리며 그녀는 몸을 일으켰다.

"내가 얼마나 지금을 기다렸는지 모를 거야."

"그따위 알고 싶지도 않다. 난 쓰레기의 생각 따월 추론하는 취미는 없으니까."

"이제 좀 괜찮아졌나보네. 입도 살아나는 걸 보니."

"그래, 이제 그 시끄러운 입을 막아버릴 정도는 괜찮아졌지."

"다행이야. 네가 풀 죽고 기가 죽어버리면 밟아버리는 보람이 없잖아."

"그 말은 너무 많이 들었지. 특히 황보세가에게 말이야. 너희 말대로라면 난 벌써 죽어도 수십 번은 죽었겠지. 그런데 아직도 난 살아 있고."

"그래? 이번엔 기대해도 좋아. 아주 성대하게, 절대 잊지 못할 선물을 안겨줄 테니까."

"……."

알 수 없는 섬뜩함이 진호의 척수를 타고 내달렸다.


사자대는 얼굴을 굳히고 진호를 서서히 포위해 나갔다.

두 사람의 격돌에서 황보은정이 밀린 모습에 그들의 얼굴
은 다소 굳어 있었다.

슬금슬금 조심스레 다가오는 그들을 보며 진호는 다시 전
투태세를 취했다.

"그럴 필요 없어."

하지만 사자대는 더 이상 다가가지 못한 채 멈춰 섰다.

손바닥을 들어 그들을 막아선 이는 황보은정이었다.

"이제 너희들의 역할은 끝났어."

그녀의 말은 지극히도 단정적이었다.

"…알겠습니다."

잠시 주춤거린 그들은 이내 황보은정의 명령에 복종했다.

"자."

그녀는 가볍게 손바닥을 마주 쳤다.

"이제 슬슬 마무리를 지어 볼까?"

"할 수 있다면 얼마든지."

"아, 근데 말이야. 혹시 이야기 좋아해?"

"……?"

진호는 난데없는 그녀의 말에 눈살을 찌푸렸다.

"나는 무척 좋아하는 편이거든. 왜 꿈이 넘치잖아. 특히 등
장인물이 역경에 빠져 있다가 그것을 헤쳐 나오는 것 같은 이
야기 말이야."

　손가락을 까딱거리며 말하는 그녀의 의도를 진호는 전혀 짐작할 수가 없었다.

　"볼 때마다 밟아 뭉개버리면 어떨까? 라는 즐거운 상상에 빠지곤 해."

　"악취미로군."

　"이렇게 태어난 걸 어쩌겠어."

　그녀는 깔깔거리며 웃음을 터뜨렸다.

　"말도 안 되는 위기에 빠져 있다 결국 그것을 헤쳐 나오고 정의를 실현하지. 참 멋진 이야기야. 나는 이런 이야기를 보고 들을 때마다 이런 생각이 떠오르더라고. 뭔가 부족해."

　"도대체 아까부터 무슨 소릴 하고 싶은 거지?"

　"조금만 참고 들어봐. 어차피 너도 좀 회복할 시간이 필요하잖아?"

　"……."

　숨을 고르며 기운을 회복하던 진호는 눈을 굳혔다.

　"네 이야기도 뭔가 부족해 보이지 않아? 그래서 내가 하나 추가해 봤어."

　푸욱.

　진호는 예상치 못한 소리에 자신도 모르게 고개를 숙였다.

　눈앞에 보이는 것은 뾰족한 칼끝이었다.

　그리고 그 칼끝은 자신의 배를 관통하고 있었다.

날카로운 금속이 단전을 꿰뚫고 헤집는 느낌은 무척이나 차가웠다.

고통보다 먼저 따르는 것은 궁금증이었다.

'도대체 누가?'

적이 접근하는 기척을 느끼지는 못했다.

자신의 뒤에 있는 이는 단 하나.

"……."

진호는 돌이키지 않는 고개를 억지로 돌려 뒤를 바라보았다.

거기에는 마치 깎아 놓은 가면을 쓴 듯 무표정한 이가 진호의 등 뒤를 찌른 칼을 붙잡고 서 있었다.

"…왜?"

진호는 떨어지지 않는 입으로 한마디 물음을 던졌다.

하지만 상대는 대답 대신 등을 찌른 칼에 더 무게를 실었다.

"믿었던 동료의 배신! 내가 주는 선물이야."

진호의 경악에 잠긴 눈동자에 비치는 것은 여태껏 한 번도 본 적 없는 무기질한 얼굴의 전후영이었다.

*　　*　　*

과거 강호에는 만인살(萬人殺)이라 불리는 살수가 있었다.

그는 어떤 의뢰라도 완벽히 수행하는 것으로 유명했다.

가장 알려진 일화는 당대 천하제일고수 중 하나로 꼽히던 천현검성을 죽인 것으로, 그것으로 그는 당대 최고의 살수라 불리게 되었다.

천변만화(千變萬花).

그를 설명하기에 가장 적절할 말이었다.

그는 어떤 사람이든 될 수 있었다.

말 그대로 변신(變身)이라고 밖에 이야기 할 수 없을 정도로 그는 살행마다 완벽히 다른 사람이 되었다.

치밀한 조사를 통해 가능한 목표의 모든 것을 완벽히 이해한 후 그 살행을 수행하기에 가장 적합한 이가 되는 것이었다.

누군가 그에게 살행의 비결에 대해 물었을 때 그는 이렇게 답했다.

세상에서 가장 무서운 칼날은 믿음이다. 그리고 나는 그 칼날을 다루는 것뿐이다.


＊　　　＊　　　＊


푹.

깊이 찔러 넣은 비수를 뽑았다.

진호는 저도 모르게 무릎을 꿇었다.

단검에 발린 정신이 아찔할 정도의 극독이 벌써 체내에서 미쳐 날뛰었기 때문인지, 아니면 믿을 수 없는 상황에 정신이 지금 상황을 부정하는 건지는 알 수 없었다.

무엇보다 진호를 혼란케 하는 것이 있었다.

"…언제부터지?"

"처음부터."

대답은 간결했다.

무기질한 얼굴엔 티끌만큼의 변동도 존재치 않았다.

"……"

진호는 고개를 숙였다.

"깔깔! 걸작이군, 걸작이야! 그래 그 모습, 그 얼굴, 그 표정, 너무 마음에 들어!!"

황보은정은 진호의 그 모습을 보며 너무나도 통쾌한지 박장대소(拍掌大笑)하고 있었다.

"…그래, 처음부터인가."

전후영, 아니, 전후영이라 알고 있던 누군가는 고개를 끄덕였다.

"……"

입이 제대로 떨어지지 않았다.

정신이 산만했다.

생각이 제대로 이어지지 않았다.

"…그럼, 넌 누구지?"

"암영(暗影). 칠영단의 살수다."

"…큭큭. 그랬군, 그랬어."

진호의 얼굴은 너무나도 일그러져 떠오르는 감정을 차마 알아볼 수가 없었다.

숨이 막혀왔다.

어느 새 손가락 하나 제대로 움직이지 않았다.

굳어버린 눈동자는 고정되어 있었다.

암영이라 자신을 밝힌 자신을 찌른 단도를 든 자에게.

단도는 독과 피가 섞여 검게 변색되어 있었다.

"숨이 막히지? 몸이 굳어버리는 것 같지? 이해해. 저 단검에 발린 독은 내가 무척이나 힘들게 구한 거거든. 잔혼살 (殘魂殺)이라고, 혼마저 찢어버리는 독이라고 하더군."

석상처럼 쓰러져 가는 진호의 귀로 깔깔거리는 교소 섞인 황보은정의 말이 들렸다.

모르겠다.

품고 있던 모든 감정이 새하얗게 표백되어 버린 것 같았다.

"쉽게 죽이지는 않을 거야. 절대. 본가로 데려가 가지고 놀 대로 놀아주지. 힘줄을 자르고 벌레처럼 바닥을 기게 하고,

손을 떼어버려 개처럼 먹게 해줄게. 성대를 베어내 말할 필요
도 없게 해주고, 눈을 파내 아무것도 보지 못하게 해줄게. 걱
정 마, 귀는 남겨 둘 테니. 비난과 멸시, 경멸과 증오 정도는
덤으로 챙겨 줄 테니 다 들어야 하지 않겠어?"

　지금의 자신에게 아무런 의미를 가지지 않는 말들을 들으
며 진호는 정신을 잃고 말았다.

第七章
외면(外面)

팔황지로
八荒之路

'여긴······.'

　세상이 시야에 들어오자마자 진호는 이것이 꿈이라는 사
실을 알 수 있었다.

　아니, 적어도 현실이 아님은 분명히 알 수 있었다.

　온통 하얗다.

　세상은 온통 하얀 색으로 물들어 있었다.

　'왜··· 갑자기.'

　진호는 숨을 삼켰다.

　떠오른 기억을 억지로 집어삼켰다.

계속 그것을 붙잡고 있다가는 무언가가 박살 나 버릴 것 같았다.

대신 주변으로 시선을 돌렸다.

정말 신기한 곳이었다.

현실 세상에 있는 것이라곤 아무것도 보이지 않았다.

지독히도 이질적인 것만이 눈에 들어올 뿐이었다.

기이한 광경.

하얀 세상 곳곳을 소리가 형체를 이뤄 문장이 되어 떠다니고 있었다.

마치 하얀 도화지 위에 먹물로 소리를 그려놓은 것 같은 모양새였다.

진호는 눈앞에 다가온 소리 하나에 손을 얹었다.

그 검은 소리의 흔적에 손을 가져다 대자 그것이 꿈틀대더니 익숙한 소리를 발하기 시작했다.

"너는 벌레다. 필사적으로 땅을 기고 온갖 발악을 다한다고 해도 너는 벌레일 뿐이야. 애초에 그렇게 태어난 것이야!!"

아직도 절로 이가 갈리는 목소리.

반월도에서 그토록 격렬히 서로를 증오하고 살의를 품었던 천수광의 것이었다.

"아아? 이 벌레들을 죽인 것? 그래, 나다. 내가 죽였다."

쇳소리가 섞인, 지독한 조소가 담긴 말.

아이들을 죽인 흑영대의 한 조장의 목소리도 있었다.

"네놈 따위가 감히!! 네놈 따위가!!"

무너져가는 천가를 보며 진호에게 퍼붓던 천도군의 증오도 있었다.

"절대 용서치 않을 것이다. 네놈은 절대 쉽게 죽지 못할 것이다! 강호의 정의가 네놈을 반드시 처단할 것이다!!"

방계의 수장, 황보광의 피를 토하는 외침도 있었다.

"깔깔! 걸작이군, 걸작이야! 그래, 그 모습, 그 얼굴, 그 표정 너무 마음에 들어!!"

박장대소하는 황보은정의 교소 어린 비웃음도 있었다.

진호의 입가에 웃음이 걸렸다.

너무나도 붉은 웃음.

증오와 분노, 꺼질리 없는 겁화의 시뻘건 감정이 너무나도 진하게 녹아든 그런 미소였다.

"ㅡㅡㅡ."

무언가 알 수 없는 목소리도 있었다.

누구인지, 무엇을 말하는지 도저히 구별할 수가 없었다.

이유가 뭘까?

생각하려 했지만 머리만 미친 듯 아플 뿐, 아무것도 떠오르지 않았다.

"ㅡㅡㅡ."

다른 목소리 하나도 그와 같았다. 분명 앞에 것과는 다른 목소리건만 누구의 것인지 도저히 떠오르지가 않았다.

"큭."

머리를 망치로 사정없이 때리는 것 같은 통증이 치밀어 올랐다.

진호는 고개를 저었다.


어느새 다른 목소리들이 둥둥 떠 진호에게 다가왔다.

이 검은 것들은 방금과는 달리 손에 닿는 느낌이 어딘가 따뜻했다.

"살아남게나. 어떻게든 살아남게나."

구수하면고 정겨우면서도 간절함이 짙게 배인 목소리.

반월도에서 진호의 목숨을 연명케 해준 장호식의 목소리였다.

"힘내게. 우리는 여기서 빠져나가야 해."

청해에서 왔다던 한 낭인이 어깨에 손을 얹으며 한 위로도 있었다.

많은 소리가 다가왔다.

갇혀 있던 선상에서 한 이야기, 흑영대에게 이끌려 섬의 가운데로 가면서 했던 이야기, 그 미친 광기의 가운데서 우연히 만나 한 이야기들.

일면식 하나 없었던, 반월도로 오기 전까지 말 그대로 남이었던 이들의 목소리였다.

하지만 진호의 가슴속에는 너무나도 둔중한 무게감으로 남아 있었다.


'……'

진호는 침을 꿀꺽 삼켰다.

눈앞에 있는 푸른색의 목소리는 가까이하는 것만으로도 진호의 감정을 흔들고 있었다.

아이들의 비명이 들렸다.

너무나도 고통스런 비명.

진호는 자신도 모르게 뒷걸음질쳤다.

듣기 싫었다.

더 이상 듣기 싫었다.

더 이상 들었다가는 자신을 주체할 수 없을 것 같았다.

"아파, 너무 아파. 미안해 형. 다른 애들 지키지 못해서 미안해."

고개를 돌리는 진호의 귓가로 가슴을 흔드는 처연한 목소리가 흘러 들어왔다.

그 목소리는 너무나도 상냥하게 진호의 뺨을 쓰다듬었다.

그 손길이 너무나도 따뜻했기에 진호의 눈에는 아주 작은 물방울이 어려 있었다.

진호는 손을 뻗었다.

"형! 진호 형!"

아이들의 목소리도 있었다.

"형이 있어 너무 좋아!"

즐거운 목소리.

"으앙! 미워!"

토라진 목소리.

"너무 보고 싶었어!"

달려드는 목소리.

"꿀꺽. 저거 하나 사주면 안 돼?"

보채는 목소리.

너무나도 많은 목소리들이 있었다.

추억.

진호를 살아가게 했던 기억과 추억의 모든 것이 진호의 주변을 떠다니고 있었다.

주륵.

무언가 흘러내렸다.

뚝, 뚝.

흘러내린 것이 바닥을 적셨다.

멈추지가 않았다.

　가슴속에 담겨 있는 모든 것이 한데 녹아 흘러내리고 있는
것 같았다.


　그러는 진호에게 분홍빛의 목소리가 다가왔다.
　손을 뻗어 들어볼 법도 하지만 진호는 움직이지 않았다.
　누구의 것인지 알았다.
　어떤 말이 나올지도 알았다.
　하지만 진호의 손은 들리지 않았다.
　듣기 싫은 것인가?
　그건 아니었다.
　그러면 왜?
　진호는 스스로에게 자문했다.
　아까 전 들리지 않는 목소리와는 달랐다.
　답은 나와 있었다.
　하지만 어째서인지 진호는 그 답을 떠올리지 못했다.
　아니, 하지 않은 것인가.
　한참 동안을 그렇게 서 있던 진호는 고개를 돌려 그 분홍빛
이 닿지 않는 곳으로 가버렸다.


　얼마나 더 걸은 것일까?
　이 지독히도 하얀 공간의 끝은 도저히 보이지 않았다.

무엇을 피하려고 하는 것일까?

진호는 계속 걸어 나갔다.

조금도 발걸음을 멈추지 않았다.

어느덧 더 이상 떠다니는 소리조차 보이지 않았다.

그렇게 계속 걸어가던 진호의 앞에 나타난 것은 한 그림자였다.

어디선가 본 듯한 형체의 그림자였다.

"작작 좀 하지그래?"

그가 그렇게 말했다.

무척이나 익숙하면서도 무언가 다소 달랐다.

"무엇을?"

진호가 물었다.

"그걸 꼭 말로 해야 하나?"

그림자는 답답하다는 듯 가슴을 치고 있었다.

"모르겠다, 무슨 말을 하는 건지."

진호는 고개를 저었다.

"스스로가 생각을 해보라고. 매일 다른 이들의 생각만 주워 담지 말고."

전신이 검은 그림자의 얼굴이 보일 리가 없었지만 진호는 그의 표정이 일그러져 있다고 생각했다.

"……"

진호는 고개를 가로저었다.

그림자가 무슨 말을 하는지도, 무엇을 물으려는지도 짐작
이 가지 않았다.

"답답하군, 답답해."

"그나저나 너는 누구지?"

"…그딴 것도 물어야 아는 거냐?"

짜증, 아니, 그림자의 말에는 분노마저 배어 있었다.

"…왜?"

"응?"

"왜 보려하지 않지?"

어디선가 들었던 것 같은 말이었다.

잘 기억은 나지 않았지만.

"계속 선문답만 하려 하지 말고, 목적어나 좀 붙이지?"

진호도 슬슬 짜증이 치미는 건지 어조가 험악해지고 있었
다.

"하, 웃기는 자식이로군. 내가 말하지 않은 거냐? 아니면
네가 일부러 듣지 않는 거냐?"

"……"

"방금도 그랬잖아? 듣지 않았지, 미칠 것 같으니까. 가까
이 가지 않았지, 눈으로 확인하기 싫으니까. 인정하기 싫으
니까."

꿀꺽.

자신도 모르게 진호는 침을 삼켰다.

"정말 가지가지 다 하는구나. 그래, 어떻게 해줄까? 제길, 그 잘난 입 좀 털어봐라. 답답해 죽겠다."

"후우."

한숨이 나왔다.

그림자도 답답해하고 있지만 그것은 자신도 마찬가지였다.

아까부터 무언가 둔중한 것이 가슴속에 남아 미칠 것 같았다.

그런데 이 그림자마저 진호를 답답하게 하고 있었다.

땀이 삐질삐질 흘러나왔다.

또르르.

땀이 뺨을 타고 흘러내려 바닥으로 떨어지는 시간이 마치 억겁처럼 느껴졌다.

그리고 그동안 가슴속에 박힌 무언가는 더욱 크기를 키워가며 진호를 미치게 하고 있었다.

안 되겠다.

진호는 그림자에게서 고개를 돌렸다.

더 이상 들었다가는 말만 그런 것이 아니라 정말 실성할 것 같았다.

“…너. …뭐하냐?”

진호가 등을 돌리자 그림자가 어이없어하며 물었다.

진호는 답하지 않았다.

대신 한 발을 들어 그에게서 멀어지려는 마음을 충실히 이행하려 했다.

그때였다.


“갈(喝)! 아직도 정신을 못 차렸구나!!”


*          *          *


깜짝 놀라며 몸을 벌떡 일으켰다.

눈을 떴을 때 보인 것은 평범한 방이었다.

물론 한 번 본 적 없는 낯선 곳이었다.

전신이 땀으로 축축했다.

입은 소태처럼 썼다.

그리고 마치 사막에 뒹굴고 있는 것처럼 목이 바싹바싹 타고 있었다.

마침 눈앞에 물이 담겨 있는 하얀 사기 잔이 보였다.

진호는 손을 뻗어 벌컥벌컥 들이켰다.

너무 급히 마신 탓인지 사레가 들릴 정도였다.

“꿈… 이로군.”

꿈속에서 박힌 둔중한 것이 아직 가슴속에 남아 있는 듯 답답함이 남아 있었다.

무언가 사고의 꼬리가 잡힐 듯 말 듯했지만, 쉽사리 생각나진 않았다.

“여긴 어디지?”

진호의 시선이 좌우로 향했다.

침상이 있고 탁자 하나에 작은 농이 하나 있었다.

지극히 평범하고도 소탈한 방이었다.

“게다가…….”

진호는 몸을 일으켰다.

으득하고 뼈가 마찰하는 소리가 들렸다. 그러나 그게 전부였다.

몸은 마치 새로 태어난 듯 가뿐했다.

단지 기혈이 막히기라도 한 듯 내공은 흐르지 않았다.

특별한 처치라도 되어 있는 것일까?

아직 전신 곳곳에 상처가 남아 있었지만, 생각한 것에 비하면 이 정도는 아무것도 아니었다.

다만 머리가 아직 무거웠다.

무언가 막혀 있는 것처럼.

“……”

기억대로라면 분명 자신은 반쯤 난자당해 있어야 했다.

무공은 언감생심, 움직이지도, 마음대로 먹지도 말하지도 못해야 했다.

하지만 지금 자신의 몸은 너무나도 멀쩡했다.

스스로가 생각해도 기이할 정도로.

끼익.

초칠이 덜 된 듯 나무가 거칠게 우는 소리와 함께 누군가 문을 열고 안으로 들어섰다.

"일어나셨군요. 괜찮습니까?"

여성의 것에 가까운 중성적 목소리는 진호의 안부를 묻고 있었다.

어디선가 들어본 적 있는 익숙한 목소리의 주인을 보자 기억 한구석에 그의 이름이 떠올랐다.

칠 척 덩치의 거한에 사천왕상처럼 험악한 얼굴, 거기에 말도 안 될 정도로 어울리지 않는 목소리는 진호의 생을 통틀어 단 한 명밖에 없었다.

"종록, 종 야장?"

그랬다.

그는 남해무문 앞 대장간에서 그에게 광익을 전해준 장인(匠人)이었다.

"오랜만입니다, 진 소협."

그는 가볍게 고개를 숙였다.

“네, 오랜만입니다. …그나저나.”

진호의 눈에 배어 있는 짙은 의문을 본 탓일까?

진호가 묻기 전 그가 먼저 입을 열었다.

“어떻게 된 일인지 궁금하다. 그렇게 묻고 싶으신 겁니까?”

“네.”

진호는 고개를 끄덕였다.

“흠, 무엇부터 말해야 할까요.”

칠 척 덩치의 거한은 턱을 쓰다듬으며 잠시 생각에 잠겼다.

“먼저 저흰 적이 아닙니다.”

“…그거 다행이로군요.”

“하하., 저도 그렇게 생각합니다. 그리고 여긴 강소성(江蘇城)입니다.”

“…….”

“그리고 진 소협을 구해 그곳에서 빠져나온 것은 우리 측의 한 사람이 한 것이구요.”

“우리?”

“그건 조금 천천히, 그러니까 나중에 설명해도 되겠습니까?”

“마음대로 하시죠.”

진호는 고개를 끄덕였다.

"다소 실례긴 하지만 저희 쪽의 밀정 하나가 꽤 예전부터 진 소협을 미행하고 있었습니다. 그리고 진 소협이 쓰러지는 순간 구출해 도주한 것이지요."

"…대단하군요."

절대 쉬운 일이 아닐 텐데.

그런 생각이 들었다.

"여태껏 그런 것만 익혀온 이입니다. 미행하고 도망치는 데는 그만한 사람이 또 없지요."

종록은 낮게 웃음을 흘렸다.

"어쨌든 소협은 거의 나흘 가까이를 의식불명 상태에 빠져 있었습니다. 그리고 지금 막 깨어난 것이구요."

"…일단 목숨을 구해주셔서 감사합니다."

무언가 더 물어보아야 하지만 아직 머리가 너무 무거웠다. 생각을 더 파고들어 가는 것조차 귀찮았다.

진호는 일단 포권을 하며 예를 차렸다.

종록은 가볍게 손사래를 쳤다.

"아닙니다. 제가 뭐 한 게 있나요. 인사는 나중에 다른 이에게 하시면 됩니다."

똑똑.

그때였다.

누군가 문을 두들기는 소리가 들렸다.

"일어나셨으면 모셔오라고 하십니다."

"알았습니다."

"……."

진호는 고개를 들어 머리 하나 위에 있는 종록과 시선을 마주했다.

"진 소협과 저를 부르는군요. 그럼 가보시겠습니까?"

"누가 있는 곳입니까?"

진호가 물었다.

"팔황의 추종자들이라고나 할까요."

第八章
표리(表裏)

팔황지로
八荒之路

진호가 있는 곳은 삼 층에 있는 한 방이었다.

계단을 내려와 구석에 있는 또 다른 계단을 타고 지하로 내려갔다.

지하로 들어서니 제법 넓은 공간이 모습을 드러냈다.

"오셨군."

"오오! 드디어!!"

"이제야 원을 풀 수 있겠군."

진호가 종록과 함께 모습을 드러내자 사방에서 목소리가 흘러나왔다.

진호는 고개를 돌려 주변을 바라보았다.

꽤 넓은 공간에 열 몇 명의 사람이 제각기 자리하고 있었다.

자리에 앉은 이들의 면면을 대충 보아하니 남녀노소를 가리지 않고 다양했다.

"당신이 권뇌룡, 백병투룡이라 불리는 진호시군요."

딱히 상석은 없었지만 개중 가장 가운데에 앉은 이가 진호를 향해 입을 열었다.

얼굴에 잔뜩 검버섯이 끼고 이가 반쯤 부스러진 것이 솔직히 언제 죽어도 이상하지 않을 것 같은 노인이었다.

"……."

진호의 눈이 자신도 모르게 찌푸려졌다.

왠지 이곳 사람들의 시선은 다소 불쾌한 느낌을 절로 자아내고 있었다.

잠시 침묵을 지키던 진호는 대답 대신 고개를 끄덕였다.

"우리에 대해서 들었습니까?"

"반쯤은 들었습니다."

"그렇습니까? 시간을 아낄 수 있어 다행이로군요. 이야기를 진행하기 전에 한 가지만 묻겠습니다. 진 소협은 팔황 중 정확히 어느 분의 진전을 이었습니까? 듣자 하니 무신님과 만병제님, 암왕님의 진전을 이은 듯하더군요."

‘…왠지 신기한 느낌이로군.’

다른 이의 입에서 사부들의 별호를 듣는 것은 처음이었다.

“전부입니다.”

“…응?”

“여덟 사부, 팔황 전체의 진전 모두를 이었습니다.”

“정… 정말입니까?”

“아아, 아직 다 익히지는 못했지만 그 진전을 모두 받아들였습니다.”

감출 생각은 없었다.

정확히는 이들이 무슨 생각을 하는지 알고 싶었다.

왜 사부들의 추종자라 스스로를 칭하며, 자신을 구해주기까지 했는데 이렇게 불쾌한 느낌이 피부에 닿아 가시지도 않을 정도로 남아 있는지 알 수가 없었다.

웅성웅성.

진호가 그의 말에 긍정을 표하자 갑자기 주변이 웅성거리기 시작했다.

“내 말이 맞다 하지 않았나? 그러니 당장 모셔와야 한다고!”

“언제 그런 말을 했다고? 어차피 전부 의심의 눈을 보내지 않았더냐?”

“오오! 이렇게 경사로운 날이 있을 수가!”

사람들은 기뻐하고 있었다.

마치 천상의 구원자가 자신들의 앞에 강림이라도 한 것 마냥.

물론 개중 몇몇은 떨떠름한 표정을 지우지 못했다.

마치 정말 진호가 팔황의 후계라는 사실을 인정한 게 못마땅한 것마냥.

"잘됐습니다. 이제 드디어 그 잔악한 구파와 오가에게 천벌의 철퇴를 내릴 수 있겠군요."

쭈글거리는 노인의 눈에서는 기쁨의 함성이 터져 나왔다.

"이제 중원의 모든 것을 틀어쥔 그들에게 세상의 정의가 무엇인지 보여주는 겁니다!!"

"오오! 옳습니다. 하늘에 계신 팔황님들도 저희에게 이렇게 어엿한 전인을 내려보내시어 저희의 숭고한 뜻을 이루라고 하시니, 이 어찌 따르지 아니하겠습니까?"

"그렇습니다. 과거 이루지 못했던 숭고한 팔황의 뜻과 정신을 이제 전인과 저희의 손으로 이루어내는 것입니다."

환호하던 사람들은 제각기 소리를 지르며 열광하고 있었다.

방금 전까지 깔려 있던 비밀결사같은 다소 신비한 분위기는 휘발이라도 된 듯 완전히 사라져 있었다.

그들은 마치 승전보라도 들은 듯 광적으로 기뻐했다.

“…….”

진호는 그런 그들의 분위기에 녹아들지 못했다.

정확히 그 이유는 알 수 없었다.

구파와 오가에 대해 명확한 적의를 표하는 것을 보면 어쩌면 자신들의 동료가 될 수도 있었다.

하지만 이상할 정도로 꺼림칙한 느낌이 계속 피어오르고 있었다.

“저희는 과거 팔황을 따르며 중원을 독점하는 구파와 오가의 횡포에 맞서 싸운 이들의 후예입니다.”

“삼백 년 전 저희의 힘은 적어도 구파의 하나 정도는 감당할 수 있을 정도로 커졌지만, 팔황 분들이 동시에 실종되고 나서 구파와 오가의 연합에 뿔뿔이 흩어지고 말았습니다.”

“하지만 뜻있는 이들이 이렇게 남아 그 뜻을 지금까지 전하고 있었습니다.”

“그리고 구파와 오가의 더러운 촉수를 피해 몸을 숨기고 힘을 키우며 기다리고 있었습니다.”

“팔황의 재래(再來)를. 그분의 후계자들이, 아니, 후계자 분이 나타나기를.”

“그분과 함께 이 중원을 뒤엎을 날을 기다리고 있었습니다.”

그들은 제각기 침을 튀겨가며 열변을 토해냈다.

“…….”

　진호는 그들과는 달리 다소 무덤덤한 얼굴로 고개만 끄덕일 뿐이었다.

　“진 소협, 아니, 팔황의 전인이시여! 저희와 함께 해주소서. 저희의 위에 올라 저 간악한 무리에게 정의의 철퇴를 내려주소서!”

　“그전애!!”

　누군가 사이의 말을 끊고 앞으로 나섰다.

　사십대 정도로 보이는 건장한 장한이었다.

　반쯤 벗겨진 머리에 선이 무척이나 굵고, 부리부리한 호목(虎目)이 척하고 치켜 올라간 것이 한고집하게 생긴 이였다.

　그는 무언가 못마땅한 듯 콧잔등을 잔뜩 찌푸리고 있었다.

　“솔직히 나는 다 믿지 못하겠소. 도대체 증거 하나 없는 상황에서 말 하나를 믿고 얼마큼 흥분들을 하시는 거요!”

　소리 지르는 장한의 모습은 한 마리 맹수와도 같았다.

　“남건!! 도대체 그게 무슨 망발인가? 감히 그따위 소리를 팔황의 후계자 분의 면전에서 하다니!”

　“흥, 도대체 우리를 삼백 년 동안이나 버린 이의 후예에게 지금 와서 넙죽 고개를 숙이는 몰골이 더 우습지 않소이까?”

　몇몇 이가 그의 의견에 동의하는 듯 잘게 고개를 끄덕이고 있었다.

남건이라 불린 장한과 명노라 불린 노인은 서로 격렬히 설전을 벌였다.

우스운 것은 정작 이야기의 중심이 되는 진호는 강 건너 불구경 하는 것처럼 그들의 이야기를 구경하고 있다는 점이었다.

물론 그의 표정도 좋지는 않았다.

솔직히 지금 모든 것이 불쾌했다.

무언가 가슴속에 박힌 듯 답답했다.

그리고 무거운 머릿속은 분명 무언가를 필사적으로 떠올리려 했다.

모르겠다. 진호는 자신도 모르게 고개를 내저었다.

"증거를 보이시죠. 당신이 팔황의 모든 진전을 이었다는 증거를."

"하아, 그건 이걸로 증명되지 않았습니까?"

종록이 나와 손목의 팔찌를 진호의 근처로 가져왔다.

짜릉.

방울이 울리는 듯한 낮은 소리와 함께 그의 팔찌가 빛을 발하기 시작했다.

"광형환은 팔황 중 한 분인 천존의 손이 닿은 물건. 이게 빛을 발한다는 것은 분명 천존의 공을 이었다는 증거입니다. 게다가 많은 보고를 들었지 않습니까? 뇌전의 주먹, 번개를

담은 발걸음, 한줄기 번개가 되어 내달리는 절공, 백병투룡이
라 불릴 정도로 다양한 무기를 달인처럼 다루는 모습, 그리고
마치 유령처럼 신묘한 신법과 투로, 거기에 피하려 해도 피할
수 없는 암기술. 이 모두 우리가 듣던 무신과 만병제, 암왕의
모습 그대로이지 않습니까? 근데 여기서 더 무엇이 필요합니
까?"

"……."

종록의 말에 남건은 아무 말도 답하지 못했다.

그에 동조하던 이들의 목소리도 확연히 줄어들었다.

"당장 전인께 머리를 조아리며 용서를 구하게나."

"…크으."

"그럴 필요 없습니다."

진호가 두 사람의 대화를 자르며 끼어들었다.

"명로라 하셨습니까?"

"말을 편히 하시지요. 팔황의 전인이시여."

그는 극히 공손하게 허리를 숙였다.

"무엇을 하려 합니까?"

그렇지만 진호의 말투는 딱히 바뀌지 않았다. 그냥 이들의
말을 잠자코 따르기가 싫었다.

"…전인과 함께 말입니까?"

"아아."

“중원을 장악한 구파와 오가의 간악한 횡포를 박살 낼 것입니다.”

“…무슨 이유에서입니까?”

“무슨 말을 하시는지 잘 모르겠군요. 구파와 오가를 무너뜨리고 강호의 정의를 회복하는 것이 삼백 년 동안 내려온 저희의 숙원이었습니다.”

명로는 새하얀 눈썹을 찌푸리며 진호가 한 말의 뜻을 궁리하는 듯 보였다.

“그들을 왜 무너뜨리려 하는 겁니까?”

“음? 전인께서는 그렇게 생각지 않으시는 겁니까? 구파와 오가는 정파의 탈을 쓰고 중원의 모든 이권을 탐하는 이들입니다. 삼백 년 전 팔황의 뜻을 추종하며 정당한 정의를 주장했던 저희의 선대들을 무참하게 탄압했던 이들입니다. 마땅히 심판을 받아야지요. 그들의 피를 선대의 제단에 바쳐야 합니다!”

“당연한 소리지.”

“으음.”

명로의 말에 주변 이들이 고개를 끄덕였다.

삼백 년 전.

진호에게는 너무나도 멀게 느껴지는 이야기였다.

“그게 전부입니까?”

“이것 말고 또 무슨 이유가 필요하겠습니까?”

“다른 분들의 의견 또한 이와 같습니까?”

진호는 주위를 둘러보았다.

남건과 함께하던 몇몇 떨떠름한 표정을 제외하면 이견은 없는 듯했다.

“…그렇군요.”

진호는 고개를 끄덕였다.

“저는 당신들과 함께하지 않겠습니다.”

“잘 생각하셨습니… 네?”

당연한 판단이라 여기며 고개를 끄덕이던 명로의 목소리가 갑자기 높아졌다.

“무… 무슨 말을 하시는 겁니까?”

“당신들과 함께하지 않겠다고 말했습니다.”

“도대체 어떤 연유로 그렇게 말씀하시는 겁니까!!”

검버섯 가득한 얼굴이 부르르 떨리고 있었다. 분노라기보다는 경악이 그의 전신을 가득 메우고 있었다.

“당신들의 말에 공감하지 못하기 때문입니다.”

“……”

“구파와 오가를 부수실 겁니까? 왜? 아니, 이유는 말하셨지요. 그 다음 무엇을 하실 겁니까?”

“저희만의 세력을 만들어야죠. 구파와 오가와는 다른!”

"그 다음은? 그 후의 구체적인 계획은?"

"당연히 구파와 오가와는 다르게 공정하고 정의롭게 중원의 기틀을 세울 것입니다."

"후후."

진호는 자신도 모르게 실소를 흘리고 말았다.

왠지 자신을 향해 한숨을 쉬던 사부들의 마음을 조금은 이해할 수 있을 것 같았다.

"전인께서도 구파와 오가 모두와 척을 지지 않았습니까? 저희가 돕겠습니다. 저희와 힘을 합쳐 강호의 정의를 되살리는 겁니다!"

명로는 탄력 없는 목에 핏줄이 설 정도로 열변을 토했다.

하지만 진호는 고개를 저었다.

"삼백 년 전의 원한은 솔직히 상상은 가지 못해도 어느 정도 이해는 하겠습니다. 하지만 당신들이 구파와 오가를 무너뜨리겠다는 감정만 이해가 갈 뿐, 그 안은 전혀 공감하지 못하겠군요."

"……."

"구파와 오가가 잘못된 것은 저도 알고 있습니다. 그런데 그들이 정확히 무엇을 잘못했는지, 바꾸고자 하는 것이 무엇인지, 그리고 어떻게 할 것인지. 삼백 년의 시간 동안 그것조차 이야기 할 수 없는 이들과는 함께할 수 없습니다."

애초에 진호는 팔황으로부터 그들의 추종자가 있었다는 이야기는 단 한 번도 듣지 못했다. 기껏 해봐야 만병제로부터 해남의 사람들이 그를 따랐다는 말이 전부였다. 팔황이 사람들에게 무관심한 이들은 아니었다.

그들은 무공광이었고, 범인과는 달리 타고난 천재이기도 했지만 누구보다 인간적이었고 사람들을 이해하려 했다.

그런 그들의 입에서 추종자들에 대한 이야기는 언급되지 않았다.

아마 신경 쓸 가치도 없었던 탓이겠지.

그렇다면 처음부터 아마 이들은 잘못된 길을 걷고 있지 않았을까?

물론 내부에는 정말로 정의를 외치는 이들도 있었을 것이다. 하지만 아마 그런 이들은 소수였을 것이고, 대부분은 정의보단 구파와 오가가 차지하던 이익을 탐하는 이들이지 않았을까?

그런 그들이 사부들이 일제히 모습을 감추고, 구파와 오가에 의해 일방적으로 핍박받으며 은둔생활을 하면서 그 원한과 증오를 여기까지 내려온 것이 아닐까?

진호는 그렇게 생각했다.

그리고 그의 생각이 대부분 맞았다.

이들은 생각하기를 거부했다.

똑바로 보기를 거부했다.

단지 눈앞의 타오르는 감정에만 젖어버렸다.

생각하기를 거부한, 더 이상 나아가려 하지 않는 이들은 고인 물과도 다름없다.

어떤 노력을 하던 고인 물은 썩는다.

삼백 년 동안 고인 물이라면 더 말할 것도 없겠지.

진호는 이제야 불쾌함의 원인을 알 수 있었다.

그들의 눈.

그 눈은 여태껏 보아왔던 구파와 오가의 눈과 닮아 있었다.

이들을 도와 구파와 오가를 몰아내고 나면 어떻게 될까?

분명 이들이 새로운 구파와 오가가 되겠지. 그리고 아무것도 바뀌지 않을 것이다.

구파와 오가도 시작은 이들과 비슷하지 않았을까?

정의를 외치는 이들이 분명 있었을 것이다.

하지만 생각을 멈춘 정의는 고이고, 고인 물은 썩으며, 악취를 덮기 위해선 더한 일을 해야만 한다.

그것이 작금의 강호이며 이들 또한 크게 달라 보이지는 않았다.


*　　　*　　　*

"…그, 그런."

"다시 생각해 주십시오."

"말도 안 돼!"

"그게 무슨 소리입니까!!"

경악을 내뱉는 이들, 분노에 찬 고함성을 지르는 이들, 순식간에 지하는 아비규환과 같은 감정들로 휘몰아치기 시작했다.

하지만 진호의 얼굴은 조금의 미동도 없었다.

"정녕 이러실 것입니까? 저희의 삼백 년 믿음을 배반하실 것입니까? 또?! 그렇게 저희를 버릴 것입니까?!!"

"하! 내 그래서 누누이 말하지 않았습니까? 어차피 한 번 우리를 버린 이들이 또 그러지 말라는 법이 있냐고!"

남건이 당당하게 고개를 쳐들며 앞으로 나섰다.

"도움 따위는 필요 없소! 어차피 우리의 힘만으로 세운 정의가 진실로 값어치 있을 것이니."

"……."

"대신 팔황의 무공만은 내놓으시오. 보상금이요. 과거 우리들의 믿음을 배신한, 우리의 절규를 무시한 대가요!"

"큭."

진호는 실소를 흘렸다.

“무엇이 그리 우스운 것이요?”

“큭큭큭.”

대답 대신 진호는 허리를 굽히며 웃음을 터뜨렸다.

“무엇이 그리 우습냐 물었소!!” “

“그럼 웃기지 않나?”

어느 새 진호의 말은 그들이 바라던 대로 존대를 치운 상태였다.

“자신들이 그렇게 받들고 칭송한 이에게 이렇게 협박을 하는 몰골이 말이야.”

“협박이라니! 당연한 요구인 것을!”

남건의 목소리가 올라갔다.

명로 또한 그를 말리지 않은 채, 아니, 오히려 동조하는 듯이 진호를 노려보고 있었다.

“내가 함부로 손을 쓰지 않는 것은 팔황에 대한 최소한의 예의요. 만일 이 이상 나를 흥분케 한다면 절대 좋은 꼴을 보지는 못할 것이오.”

“호오.”

“우습소? 내 말이 그리 우습소? 지금 당신의 몸이 정상일 것이라 생각하는 것이오? 당신의 몸을 점혈한 이가 나요. 천절봉맥술(天絶封脈術)에 의해 당신의 내공은 완전히 봉인되었소. 지금 당신은 기껏 해봐야 삼류에도 못 미치는 하류라는 것이오!"

남건이 자랑하는 천절봉맥술은 극상(極上)의 점혈법으로 삼백 년 전 화산의 장문인 또한 영원히 풀어내지 못한 것으로 그 명성을 떨쳤다.

과연 그의 자신감은 이유가 있었다.

진호의 단전은 지금 이상할 정도로 무겁기 짝이 없었고, 단전으로 통하는 모든 기혈은 돌이라도 박은 듯 막혀 있었다.

"그러니 좋은 말로 할 때 팔황의 무공을 뱉어내는 것이 좋을 것이오. 당신처럼 정신이 나약한 인간이 아니라 확고한 신념을 가진 이들이 그 힘을 가지고 정의를 다시 세울 것이오!"

그는 침을 튀겨가며 소리를 높였다.

"큭큭."

진호의 입가에 다시 웃음이 걸리기 시작했다.

"하아. 내 경고를 무시하는군. 팔 하나 정도는 부러뜨려야 말을 들을 것인가?"

그의 시선이 잠시 명로에게 향했다.

명로는 고개를 잘게 끄덕였다.

그의 의견에 동조한 것이다.

"잊지 마시오. 이건 당신이 자초한 일이라는 것을."

남건은 험악한 얼굴을 구기며 다가왔다.

"이러지 마시죠."

그의 앞을 막아선 것은 칠 척의 거한, 종록이었다.

"종 야장, 당신도 내 인내를 시험할 생각인가?"

남건은 종록을 향해 으르렁거렸다.

"손님을 향한 대접으로는 참 알맞지 않은 것 같습니다만."

"손님은 무슨! 해야 할 일을 하지 않고 가만히 손을 놓고 있는 자는 역사와 하늘의 죄인이다!"

"…후우."

종록은 한숨을 내쉬었다. 그 또한 목적이 있어 이들과 함께하긴 했지만 참 적응이 안 되는 무리였다.

"괜찮습니다. 물러서세요."

"잠… 그러도록 하죠."

진호는 입꼬리를 올리며 종록을 물렸다.

종록은 그를 말리려다 그의 입가에 걸린 묘한 미소를 보고는 순순히 자리를 비켰다.

"호오, 생각이라도 바꾸신 건가?"

종록을 물리자 남건이 다시금 진호에게 물었다.

"전혀."

하지만 진호는 여전히 조소를 머금은 채로 그를 바라볼 뿐이었다.

"굳이 벌주를 원하는군. 좋아 그 의향을 들어주도록 하지."

남건은 험악한 기세를 풀풀 내뿜으며 진호에게 다가왔다.

진호는 터져 나오려는 웃음을 억지로 참아내고 있었다.

이들은 정말 모르는 것일까?

이들이 하고 있는 행동이 바로 구파와 오가가 하던 것과 하나도 다름이 없음을.

그럼에도 이들은 스스로의 정의에 고취되어 열변을 토하고 있었다.

'이러니 사부들의 기억 속에 남아 있을 리가 없는 것이지.'

"그런데 말이야."

문득 진호의 입이 열렸다.

"……?"

남건은 또 뭐냐는 눈으로 진호를 노려보았다.

"당신들 좀 이상한데?"

"무엇이 말이냐?"

"그렇잖아. 그렇게 숭상하고 따르고 경배한 이의 진전을 이었는데 말이야."

"……?"

"당신들이 팔황을 숭배하는 이유는 그 힘이 하늘을 가르고 땅을 격동시켜서지 않았어?"

"그렇다. 당연한 말을. 그런 힘을 가지고도 나약한 정신을 가진……."

“그런데 말이야.”

진호는 말을 끊어버렸다. 더 이상 들어줄 생각도 없었다.

“고작 이따위 점혈로 막을 수 있을 거라고 생각한 거야?”


“아? 무슨 되도 않는 소리를. 천절봉맥술은 신선조차 풀지 못할 절기이다. 석년의 팔황이라고 해도 능히 고전을 면치 못할 것을. 그런 허풍에 넘어갈 것 같으냐!”

남건은 얼굴을 붉히며 소리를 내질렀다.

“후후.”

진호는 대답 대신 조소만을 머금을 뿐이었다.

지직.

그때였다.

작은 뇌전이 진호의 어깨 주위로 흘렀다.

단전은 여전히 막혀 있었다.

하지만 단지 의지가 흐른 것만으로 뇌기가 움직인 것이다.

“정말 웃기는군. 팔황을 숭배한다는 이들이 정작 이렇게나 팔황의 힘을 무시하다니.”

지직, 지직.

진호의 주변에서 흐르는 뇌기가 점점 늘어갔다.

단전이 막혀 있어도, 기혈이 막혀 있어도 아무런 상관이 없었다.

사부들이 남겨준 내단이 있는 이상, 그 무한한 힘의 원천이 있는 이상 이런 점혈 따윈 그저 걸리적거리는 수갑 정도에 불과할 뿐이었다.

우웅.

진호의 배꼽 밑에서 엄청난 빛이 터져 나왔다.

의지가 이는 순간 팔황의 내단이 움직인 것이다.

쾅.

진호의 내부에서 무언가 박살 나며 뚫리는 소리가 들렸다.

그리고 그와 동시에 폭발하듯 뇌기가 터져 나왔다.

"……."

남건은 그 무시무시한 기세에 눌려버린 듯 그저 입을 벌리고 침을 삼킬 뿐이었다.

"자, 다시 한 번 물어보지. 뭐가 뭐를 어쩐다고?"

그를 바라보는 진호의 입가에는 여전한 조소가 짙게 녹아나 있었다.

*　　　*　　　*

진호는 지하에 모여 있던 모두를 모아 정확히 반만 골로 보내주었다.

적당히 자비를 베푸는 것은 이러니저러니해도 그들이 자

신의 목숨을 살려주었기 때문이었다.

"뭐, 결국은 이렇게 되는군요."

밖으로 나온 그를 맞이한 것은 칠 척 장신의 거한, 종록이 었다.

"제게 할 말이 있지 않습니까?"

진호가 물었다.

문득 그런 예감이 들었다.

"정확합니다. 부탁드릴게 있지요."

"말씀하십시오."

진호는 예전부터 그가 마음에 들었다.

특히 아까 전의 저 광란 속에서도 꿋꿋이 서 있던 그의 모습은 호감을 사기에 모자람이 없었다. 게다가 광익을 그에게 준 이기도 했고.

"아닙니다. 어차피 시간이 걸려야 하는 일이라. 나중에 모든 일이 해결되면 그때 다시 저를 찾아주시면 됩니다. 지금 진 소협은 무척 바쁘지 않습니까."

"……."

"그나저나 굳건하시군요. 그렇게 믿던 이에게 등 뒤를 찔렸는데."

"…잠깐, 뭐라고 하셨습니까?"

진호는 인상을 찌푸리며 물었다.

“전후영, 아니, 암영이 진 소협을 속이고 비겁하게 암습하지 않았습니까,”

“…….”

숨이 막히는 것 같았다.

왜 자신은 일어나자마자 이 일부터 떠올리지 못한 걸까?

왜 지금까지 그 일에 대해 까맣게 잊고 있었던 것일까?

분명 희미하게—원래라면 멀쩡할 리가 없는데—기억하고 있었으면서 왜 정작 중요한 것은 잊고 있었을까?

동시에 꿈속에서 보았던, 아니, 들었던, 아니, 듣지 못했던 그 목소리가 머리를 꿰뚫고 지나갔다.


“믿었던 동료의 배신! 내가 주는 선물이야.”

“깔깔! 걸작이군, 걸작이야! 그래 그 모습, 그 얼굴, 그 표정 너무 마음에 들어!!”


배를 잡고 웃던 황보은정의 목소리가 생생하게 울려 퍼졌다.

그리고.


“처음부터.”

“암영(暗影). 칠영단의 살수다.”

전후영을 연기했던 암영의 무기질한 목소리 또한 기억 속
에서 솟아오르기 시작했다.

"제기랄!!!"

진호는 치밀어 오르는 욕지기를 참지 못하고 그대로 내뱉
어버렸다.

그와 함께 일어난 뇌기가 주변을 휩쓸고 지나갔다.

종록은 자신이 있는 곳을 제외한 주변이 모두 새까맣게 타
버린 모습을 보고 침음 성을 삼켰다.

"하아. 하아."

진호는 거친 숨을 쉬었다.

감정을 되새길수록 미칠 듯한 통증이 밀어닥치고 있었다.

그것은 가슴이 저미는 육체적이면서도 정신적인 통증이었
다.

휘청거리던 진호는 한쪽 무릎을 꿇은 채로 바닥에 주저앉
았다.

종록이 걱정스러운 얼굴로 다가왔지만 신경 쓸 겨를도 없
었다.

동생이라 생각했다.

지키지 못한 아이들이 다시 눈앞에 나타난 것이라 생각했
다.

그렇기에 필사적으로 그를 지키려 했다.

지키지 못한 아이들을 그에게 투영시키고 있었던 것이다.

검고 복잡한 무언가가 진호의 가슴속에 소용돌이 치고 있었다.

이 감정을 뭐라고 해야 할까?

배신감? 분노? 증오?

표현할 말이 도저히 떠오르지 않았다.

단순한 배신감도, 단순한 분노도, 단순한 증오도 아니었다.

가슴에 박힌 둔중한 무언가가 마음을 찢어버리는 것 같았다.

'잊어버려.'

마음속 어디선가 낮은 소리가 울렸다.

'지워버려, 이 이상은 위험해.'

또다시 들려왔다.

솔깃한 말.

그래, 잊어버리면 편하겠지.

생각하기를, 떠올리기를 포기하면 편해지겠지.

하지만.

진호는 고개를 저었다.

그럴 수 없었다.

이미 일어났으며 바꿀 수 없는 사실이었다.

눈을 가리고 구멍 속에 틀어박힌다고 세상이 어둠에 잠기는 것은 아니다. 단지 자신만이 어둠에 잠겨 거짓 평안을 얻는 것일 뿐.

사부들은 말했다.

싫은 것을 보지 않고 외면하면 절대 앞으로 나아갈 수 없다고.

그 말이 맞았다.

여기서 이 아픔을 이기지 못하고 억지로 망각의 편안함에 빠지게 되면 자신은 아무것도 되지 못할 것이다.

저기 저 지하 속 팔황의 거짓 추종자들과 똑같은 이가 되겠지.

망상과 아집에 빠져 무언가 이상한 것으로 변질되겠지.

그럴 수는 없었다.

진호는 이를 악물며 사고를 이어나갔다.


황보은정.

푸른 안대를 한 그 증오스런 얼굴이 떠올랐다.

그녀가 말했다.

선물이라고. 그렇다는 말은 이 빌어먹을 고통마저 그녀가 의도한 것이라는 거겠지.

도대체 얼마나 자신을, 자신의 운명을 가지고 놀아야 직성이 풀리는 거지?

으득.

이가 바스러지듯 갈려 나갔다.

전후영, 아니, 암영(暗影).

진호가 봤던 모든 것이 꾸며진 모습이었다.

처음부터란 말은 진호가 그를 만난 처음부터 전후영이 아닌 암영이었다는 말.

상단의 충신조차 속아 넘어갔다. 당연히 진호를 속이는 것은 식은 죽 먹기였겠지.

여태껏 보아왔던 나이에 걸맞지 않은 그의 상재는 실은 모두 꾸며진 것이었다.

진짜 전후영은 어떻게 되었을까? 아마 죽었겠지. 언제나 보아왔으면서도 단 한 번도 보지 못한 그의 죽음이 안타까웠다.

대신 갚아주지.

네 원한을.

진호는 그렇게 나직이 중얼거렸다.


'잠깐…….'

문득 다른 무언가가 머리를 스치고 지나갔다.

'남 소저는?'

"혹시 남운령 소저에 대한 소식 알고 있습니까?"

진호는 벌떡 몸을 일으키며 종록에게 물었다.

"왜 그걸 묻지 않으시나 생각하고 있었습니다. 거두절미하고 말하자면 그리 좋지는 않습니다."

第九章
재회(再會)

팔황지로
八荒之路

깨달음이 경지를 증진시킨다.

진호는 그 말을 믿지 않았다.

무한의 빈민가에서 진호가 익혔던 것은 맹호박(猛虎搏).

단 열 개의 동작으로 이루어진 그야말로 삼류의 전형과도 같은 무공이었다.

거기엔 깨달음이 없었다.

단지 숙달에 대한 정도만이 있을 뿐.

진호는 그렇게 알고 있었고, 그렇기에 피나는 고련으로 맹호박을 갈고 닦았다. 물론 결국 그것은 중요한 때에 아무런 도움이 되지 못했지만.

게다가 진호와 가장 상성이 맞은 무신의 무공 또한 그랬다.

고련과 끝없는 실전으로 계속 올라가는 경지를 보며 진호의 생각은 더욱 굳어갔다.

하지만 그 생각은 틀렸었다.

무공에 있어 깨달음이란 석가모니가 부처가 된 것마냥 거창한 그런 게 아니었다.

사람과 사람 사이, 마주 보고, 대화 하고, 그 끝에 길을 찾는 것처럼 무공 또한 그런 것이었다.

자신의 부족함을 정확히 아는 것.

절대 더 비관적이거나 낙관적인 것 없이 제대로 자신의 위치를 알기 위해서는 끊임없이 이야기해야 했다. 자신과, 그리고 무공과.

사람은 모두 부족하다. 완벽한 이는 없다.

그렇기에 자신이 부족하다고 하는 말은 대부분 맞다.

하지만 그건 포괄적인 의미일 뿐이지 절대 정답은 될 수가 없다.

그것이 진호가 팔황의 거짓추종자들과의 일에서 얻은 앎이었다.

여태껏 진호가 스스로 모자라다 생각했던 것은 맞으면서도 틀린 이야기였던 것이다.

하지만 이제 진호는 그 모자란 부분을 채우기 위해 무엇을
해야 하는지 알게 되었다.

솔직해지자.

절대 고개를 돌리지 말자.

끝까지 앞으로 나가자.

또다시 들어오게 된 도원경(桃源境) 속에서 진호는 그렇게
스스로에게 다짐하고 또 다짐했다.


*          *          *


펑.

푸른 신호탄이 솟아올랐다.

"저쪽이다!"

누군가의 고함이 능선을 타고 산 전체로 울려 퍼졌다.

"쫓아라!"

한 걸음에 한 장도 넘게 날아가는 이들이 폭죽이 터진 방향
으로 일제히 달려갔다.

산세가 험하고 깊어 사람의 발길이 뜸했던 이름 없는 어떤
산은 지금 몰려드는 이들로 인해 커다란 소란을 목격하고 있
었다.

한 여인이 쫓기고 있었다.

색이 바래 버린 푸른 무복에 머리를 뒤로 질끈 묶은 그녀는 산의 능선을 내달리고 있었다.

거목과 수풀이 무척이나 우거져 길 하나 제대로 나 있지 않았지만, 그녀는 어떻게든 속도를 줄이지 않고 달리고 있었다.

나무들을 절묘하게 피하고, 돌부리 하나에도 걸리지 않는 그녀의 신법은 무척이나 능숙했다.

"하앗!"

그때 달려나가는 그녀의 옆에서 인영 하나가 튀어나왔다.

검은 피풍의를 입은 장한이 휘두른 도가 그녀의 어깨를 노리고 떨어져 내렸다.

그때 그녀의 손이 움직였다.

오른손에 잡은 검이 살짝 아래로 내려가더니 달리던 탄력 그대로 솟구치듯 검을 올려쳐 버렸다.

그것은 무언가 보통의 검과는 다른 궤적을 그리며 사각을 타고 올라 장한의 도를 그대로 피해내며 그의 팔을 길게 베어냈다.

"크악!"

장한의 고통성을 뒤로 하며 여인은 다시 신법을 펼쳐 벗어났다.

"확실히 진 소협의 말이 맞기는 해."

물을 박차고 날아오르는 물고기를 닮은 비어쾌검은 점점 발전해 이제는 정말 검호라 불러도 모자라지 않을 경지에 달해 있었다.

요 며칠 사이 겪은 엄청난 실전 때문이리라.

푸른 무복의 여인, 남운령은 달리는 도중에 잠시 실소를 머금었다.

이런 급박한 와중에도 머릿속에 잡상 아닌 잡상을 떠올리다니.

그만큼 비중이 큰 사람이란 건가?

부정할 순 없었다.

그녀의 삶에 있어서 가장 큰 영향을 준 사람 중 하나이니까.

'어떻게 된 걸까?'

그녀의 아미가 찌푸려졌다.

진호에 대한 소문은 워낙 다양하고 종잡을 수가 없었다.

구파와 오가에 정면으로 맞선 진호는 무척이나 유명했고, 다양한 화젯거리로 등장했다. 하루에도 궤가 다른 소문이 몇 개나 여기저기서 피어올랐다.

그녀의 등골이 절로 섬뜩해지는 죽었다는 소문부터, 신선이 되어 날아올랐다는 말도 안 되는 소문과 황보세가에게 잡혀갔다는 소문, 구파와 결탁했다는 소문 등등 별별 소문들이 우후죽순 생겨나고 있었다.

그런 마당에 전후영을 통한 연락마저 끊어져 버리니 그녀의 걱정이 이만저만이 아니었다.

펑.

그녀의 눈에 저 멀리 터지는 푸른 신호탄이 보였다.

"너무 빨라."

저 신호탄을 보고 더 많은 이들이 그녀를 쫓아오리라.

포위망은 점점 좁혀지고 있었고, 그 속도는 점점 빨라지고 있었다.

얼마나 더 도망갈 수 있을까?

아니, 빠져나갈 수 있을까?

그녀는 고개를 저었다.

어느 것도 확신할 순 없었다.

그저 최선을 다할 뿐.

절대 이대로 죽을 수는 없었으니까.


그녀의 검끝이 번뜩이며 비어쾌검(飛魚快劒)이 허공을 갈랐다.

비명성 하나가 울려 퍼지며 둔중한 동체가 바닥을 굴렀다.

그녀는 조금도 멈춰 서지 않고 다시 달려 나갔다.

몇 명을 벤 건지 기억도 나지 않았다.

서른부터 세는 것을 포기해 버렸다.

아마 남해에서 종 야장이 검을 손봐주지 않았다면 이미 검으로서의 기능은 포기해야 했을 지도 몰랐다. 그만큼 많은 피를 묻혔으니까.

그녀는 쫓기고 있었다.

정확히 어디 문파라고 할 수 없는 불특정다수에게.

간단히 말하자면 욕망에 잠겨 버린 군중들에게 쫓기고 있는 것이었다.

그들은 그녀의 품속에 잠자고 있는 하나의 비보를 탐하고 있었다.

그녀도 어째서 일이 이렇게 된 것인지 정확한 연유를 알지 못했다.

하지만 적당히는 추측할 수 있었다.

분명 구파나 오가, 그들 중 하나 아니면 전부거나, 좀 더 특정하자면 황보세가의 계략이겠지.

이렇게 쥐를 몰듯 사람들에게 쫓기는 몰골을 구경하기 위해서라면 정말 악취미 중에 악취미라고 밖에 생각되지 않았다.

쏴악.

양옆으로 협공해 오는 도와 검에 그녀는 달리던 그대로 허리를 숙인 채 한 발을 더 앞으로 내디뎠다.

좌락.

머리카락 몇 올이 잘려 나갔다.

다시 내딛은 발을 중심으로 그녀는 뒤쪽으로 몸을 날리며 허공에서 거꾸로 반 바퀴를 돌았다.

그러는 그녀의 손에서는 비어쾌검을 번뜩이는 검끝이 두 사람의 빈틈을 사정없이 요격했다.

"컥."

단말마의 비명이 거의 동시에 울려 퍼졌다.

숨을 돌릴 틈도 없었다.

나뭇가지가 거칠게 흔들리는 소리가 사방에서 들려왔다.

더 많은 이가 오기 전에 조금이라도 더 이동해야 했다.

그녀는 다시 몸을 날렸다.

*　　*　　*

남운령은 진호와 헤어져 절강으로 왔다.

그리고 종록이 가르쳐 준 방법에 따라 암 야장이라는 장인을 만나게 되었다.

그는 남운령과 그녀의 손에 들린 광익을 보며 인상을 찌푸렸다.

제대로 된 주인이 아니라는 것이었다.

주인이 따로 있고, 그 주인의 부탁을 받은 것이라 설득을 거듭한 끝에 암 야장은 광익을 받아들였다.

그리고 일주일 후에 다시 찾아오라고 했다.

그렇게 일주일이 지나고 그녀는 완성된 광익을 받아들었다.

이제 거의 보이지도 않을 정도로 투명한 비수는 그녀의 손에서 강렬한 존재감을 발하고 있었다.

그리고 그 속에서 느껴지는 알 수 없는 친숙함에 고개를 갸웃했지만, 그보다 앞서는 것은 이제 다시 진호에게 돌아갈 수 있다는 그런 기쁨이었다.

하지만 그녀는 알지 못했다.

그녀가 떠나고 조금 후, 암 야장이 싸늘하게 식은 시체로 발견되었다는 것을.

그리고 동시에 묘한 소문이 퍼져 나갔다.

그녀가 강호에 다시없을 기보를 가지고 있다는 소문이었다. 이상하게도 그 소문은 발이라도 달린 듯 사방으로 퍼져 나갔고, 그녀의 동선으로 사람들이 몰려들었다.

소문은 무척이나 자세했다.

눈에 보이지 않고 어떤 호신강기도 찢어버리며 능히 한 단계 위의 고수조차 죽일 수 있는 비수.

거의 십 중 팔구는 맞아떨어지는 소문이었다. 물론 그 소문

보다도 훨씬 뛰어나고, 그 이상으로 그녀가 알지 못하는 비밀
이 더 있는 듯했지만.

쫓아오는 군중들의 눈은 탐욕으로 가득 차 있었다.

그때부터 그녀의 도주가 시작되었다.

다행히 시간을 좀 벌 수 있었던 것은 우연히 지하에 뚫린
동굴 하나를 발견했기 때문이었다.

그 동굴에서 머물며 번 시간은 사흘.

식량과 물이 없었기에 나와 다시 도주하며 그녀는 계속 도
망치고 있었다.

그러기를 벌써 일주일이 지났다.

펑! 펑!

신호탄이 연달아 터지기 시작했다.

그 간격은 전과 비교할 수 없을 정도로 짧았다.

마주치는 이의 수도 계속 늘어갔다.

한 명을 베고 달려나가는 그녀의 앞에 세 사람이 동시에 나
타났다.

비보(秘寶)를 내놔!

그들은 그렇게 소리쳤다.

다른 이들이 달려오는 소리가 들렸기에 그녀는 서두를 수
밖에 없었다.

순식간에 세 명을 베고 다시 달려나가기 시작했지만, 서두

름의 대가로 허리에 혈흔이 생겨났다. 흘러내리는 핏줄기 사
이로 피로가 스며드는 것 같았다.

눈이 희미해지고, 정신도 점점 흐려져 갔다.

기계적으로 팔을 휘두르고 다리를 놀렸지만 찰나의 시간
동안 정신을 놓아버렸다가 깜짝 놀라 깨는 일도 있었다.

지칠 대로 지쳐가고 있었지만 그래도 그녀는 포기하지 않
고 계속 위로 북상하고 있었다.

진호가 있을 산동을 향해.


*　　　*　　　*


"하아."

그녀는 숨을 골랐다.

발은 멈춰서 있었다.

거의 반나절만이었다.

휴식은 아니었다.

주변이 적으로 가득 차 있었으니까.

대부분 낯선 복식들.

광익이란 비보를 노리고 온 군중들이었다.

그들의 눈은 탐욕으로 가득 차 있었다.

"놀랍군."

갑자기 인파가 갈라지며 어떤 이들이 모습을 드러냈다.

그녀 또한 매우 익숙한 복식, 황색 무복을 입은 이들이었다.

"황보세가……."

"그래, 우린 황보세가의 참문단(斬刎團)이다."

서른 명 정도 되는 그들은 그녀 주위를 둘러싼 수백의 인파 속에서도 지극히 여유로웠다.

"쫓기는 우리가 쫓아놓고 황보세가가 가로채려 하는 것이냐?"

언성을 높이며 신법을 전개하며 앞으로 나선 이는 절강에서 꽤 끗발 날리는 창의 고수인 신월창(申月創)이었다.

"불공평하… 컥."

앞으로 나와 군중들을 선동하려던 그는 순식간에 사혈 일곱 곳을 때려내는 주먹에 말도 다 뱉어내지 못한 채 절명했다.

"미친 새끼. 요 근래 개나 소나 다 덤비려 하네. 당신들 중에서도 불만이 있으면 앞으로 나와 봐. 일단 이야기는 들어줄 테니까. 황보세가의 이름으로 말이야."

건들거리는 말에도 어느 하나 욱하는 이 없었다.

오가 중 하나이자, 요 근래 가장 세력이 급성장하고 있는 황보세가를 건드릴 만큼 간 큰 이는 적어도 이 중에선 더 없어 보였다.

"자, 이제 좀 여유로워졌네."

참문단주는 고개를 틀며 다시 남운령과 시선을 마주했다.

"절묘하게 끼어든 것이 모두 의도한 것인가요?"

"뭔 말을 그따위로 해? 그러면 우리가 이 모든 일을 꾸민 것 같잖아?"

말은 그러면서도 입가에 걸린 조소는 남운령의 추측이 사실임을 알려주고 있었다.

"그래, 좀 즐기셨나?"

"덕분에요."

그녀는 숨을 내쉬며 조금이나마 기운을 끌어모으기 시작했다. 지칠 대로 지친 그녀의 몸에는 이런 찰나의 휴식마저 꿀과 같았다.

"소가주님이 데려오라고 하시더군. 좋겠어, 소가주님의 총애도 받고 말이야."

"소가주라는 게 황보은정을 가리키는 말인가요?"

"그래, 어제 소가주의 직위에 오르셨지."

"……."

"너무 걱정 마. 소가주님을 몇 번 봤는데 그리 심하게 다루시지는 않을 거니까. 기껏 해봐야 눈 하나 뽑고 손가락 발가락 다 자른 뒤 반대로 기워버리고, 돼지우리에 처박는 정도가 다겠지. 어차피 죽이지는 않을 거야. 넌 소중한 미끼가 될 테니까.”

“…할 수 있다면 해보세요.”

그녀는 기억 속 진호의 말을 흉내 내며 검을 부여잡았다.

솔직히 너무나 지쳐 있어 발 하나 뗄 힘도 없었다.

게다가 눈앞의 참문단은 그녀가 전력이라고 해도 승산이 거의 없었다.

이런 상황이라면 말할 필요조차 없겠지.

“후우.”

그녀는 낮게 숨을 내쉬며 하늘을 바라보았다.

하늘은 정말 너무나도 푸르렀다.

그녀는 고운 아미를 살짝 찌푸렸다.

그래도 포기할 생각은 없었다.

어떤 결과가 기다린다고 해도 최선을 다할 것이다.

비록 지금 검 하나 제대로 휘두를 힘이 없다고 해도.


반각.

그녀의 손아귀가 찢어져 나가며 검을 떨어뜨릴 때까지 걸린 시간이었다.

그 와중에도 그녀는 참문단의 두 명을 죽이고 세 명에게 부상을 입혔다.

그녀를 제압하고도 오히려 참문단의 얼굴이 일그러질 정
도였다.

참문단주 오경은 제압돼 바닥에 엎어진 그녀의 턱을 붙잡
고 고개를 들어 올렸다.

“빌어먹을… 독한 년이.”

짝.

그녀의 뺨이 불이라도 난 것처럼 붉어졌다.

입안이 잔뜩 찢어져 피범벅이 되었지만 그녀는 신음성 하
나 내지 않았다.

“소가주님이 질릴 정도로 다루고 난 후엔 내가 너를 가지
고 놀아주마. 어떤 모양을 하고 있던 거기에 끔찍한 것들을
더 얹어주지. 제발 죽여 달라고 사정할 정도로 말이야. 뭐 그
런 말을 할 수나 있다면 다행이겠지만. 솔직히 그때 되면 혀
가 멀쩡할 리가 없으니까.”

“…마음대로 하던가.”

그녀는 입 꼬리를 올리며 차갑게 내뱉었다.

짝.

한 번 더 볼에 불이 났다.

예상치 못한 부하들의 죽음에 안 그래도 열이 차올라 있던
오경은 극히 흥분하며 쓰러진 그녀를 발로 밟아댔다.

퍽! 퍽! 퍽! 퍽!

그의 발이 움직일 때마다 먼지와 함께 피가 튀었다.

"후우."

그렇게 잠시 시간이 흘렀을 때 그녀는 반쯤 정신을 잃은 상태였다.

"이년을 끌고 가. 당장 본가로 돌아가야겠다."

털썩.

오경은 그녀를 내팽개쳤고, 바닥에 엎어진 그녀를 참문단원들이 거칠게 들어 올렸다.

"아! 그리고 이거 먼저 챙겨야지."

그리고는 그녀의 품속에서 광익을 꺼내들었다.

햇빛을 받아 녹아들듯 주위와 완전히 동화된 그 모습은 사람의 눈을 사로잡기에 조금의 부족함이 없었다.

"과연 귀물(鬼物)이로군."

오경은 자신도 모르게 중얼거렸다.

"뭘 보냐!! 다들 꺼지지 못해!"

오경은 버럭 소리를 내질렀다.

군중들은 그림의 떡을 지켜보듯 광익을 바라보았으나 할 수 있는 것은 없었다.

황보세가를 건드리고 무사할 거라 생각할 정도로 간 큰이는 아무도 없었으니까.

"썩들 꺼져 버려!!"

지극히 빈정 상하는 오경의 말에도 사람들은 길을 비켜섰다. 어쩔 수 없는 세상의 이치라 자위하면서.

"흥, 병신 같은 새끼들."

오경은 인중을 찌푸리며 욕지기를 내뱉었다.

그때였다.

펑.

신호탄 하나가 공중에서 터졌다.

"응?"

"무슨 일이지?"

"오발인가?"

사람들도 무슨 일인가 하여 신호탄이 터진 곳을 재차 바라보았다.

그리고.

펑! 펑!

연달아 신호탄이 터지자 그때서야 무슨 일이 벌어졌음을 알아채게 되었다.

그들은 신호탄이 뜻하는 것이 무언인지 정확히 생각할 필요가 없었다.

지직, 지직.

번개가 된 신형 하나가 낙뢰가 되어 그들의 앞에 떨어져 내렸으니까.

＊　　＊　　＊

'…늦지 않았나?'

진호는 참문단에게 잡혀 있는 남운령을 보며 안도의 한숨을 내쉬었다.

그리고 그녀의 전신에 묻은 핏자국과 멍에 그의 표정이 급격히 굳어가기 시작했다.

"너 설마? 권뇌룡?"

놀란 오경의 말이 채 끝나기도 전에.

"컥."

"으악!"

번개가 허공을 가르며 높낮이가 다른 비명 두 개가 연달아 울려 퍼졌다.

남운령을 들고 있던 참문단 두 명이 내지른 단말마의 비명이었다.

진호는 남운령을 품에 안고 다시 바닥에 조심스레 발을 디뎠다.

"…아아, 이제 왔어요?"

그녀가 반쯤 부어 제대로 떠지지 않는 눈을 배시시 뜨며 진호에게 미소를 지었다.

"네, 조금 늦었네요."

진호 또한 마주 웃으며 그녀에게 답했다.

"진짜 힘들었다고요."

"…알아요."

"어쨌든 다시 보니 너무 반갑네요. 그런데 말이죠."

"……?"

"너무 반갑긴 한데. 제가 좀 피곤해서요. 눈 좀 붙여도 될까요?"

그녀는 답을 기다리지 않고 눈을 감았다.

정확히는 의식을 잃고 기절한 것이었다.

애초에 진호의 품에 안길 때까지 의식을 유지한 게 더 놀라울 지경이었지만, 진호를 만나고 그 긴장의 끈을 완전히 놓아버린 것 같았다.

안도감이라기 보단 그만큼 진호에 대한 믿음이 확고하다는 것이었다.

"얼마든지요."

진호는 그새 새근 잠들어 버린 그녀를 향해 대답했다.

지직.

진호의 전신이 번개로 가득 차 발광(發光)하고 있었다.

"좋은 꿈 꿔요."

그녀에게 낮게 속삭임과 동시에 진호의 신형이 폭발하듯

앞으로 내달렸다.


＊　　＊　　＊


“뭐… 뭐야!!”

오경은 필사적으로 권력을 뿜어내며 사방을 조여오는 뇌전에 저항했다.

하지만 그의 노력과는 상관없이 뇌전은 그를 계속 압박하며 조금씩 숨통을 조여왔고, 당연히도 그의 옆을 지키던 참문 단원은 하나씩 시꺼멓게 타 죽어갔다.

진호와 황보세가의 원한을 알고 있는 군중들은 구경하기보단 자신들이 진호의 다음 희생자가 되지 않기를 빌며 도망가 버렸다.

예전 진호의 앞을 막아선 이들이 어떻게 되었는지 소문을 통해 잘 알고 있던 까닭이었다.

“…이 개새끼가!!”

반각이 지나고.

어느덧 남은 이는 오경 하나밖에 없었다.

뇌화를 푼 진호는 오경의 반응을 신경조차 쓰지 않은 채 품속에 안긴 남운령의 머리를 쓰다듬었다.

“어떻게 해줄까?”

"뭐, 이 새끼가? 죽여주마! 반드시!"

쉬잉.

한줄기 바람이 스쳐 지나갔다.

그리고 그 바람을 따라 붉은 물방울이 춤추듯 날아올랐다.

그 붉은 물방울은 오경의, 이제는 오경을 떠난 오른쪽 귀가 머물던 자리에서 흘러나오고 있었다.

턱.

인식도 못하는 사이에 귀 하나를 잃어버린 오경은 입도 열지 못한 채 침만 꿀걱 삼킬 뿐이었다.

"다시 한 번 물을 게. 어떻게 해줄까?"

그를 바라보며 묻는 진호의 조소는 유난히도 일그러져 있었다.


진호는 반쯤 걸레가 된 오경을 집어던져 버렸다.

오경은 방금 전 남운령에게 협박하던 말의 딱 두 배 정도 심한 몰골이 되어 벌레처럼 바닥을 기고 있었다. 당장 죽이지는 않았다. 어차피 오래 살지는 못할 거니까.

"아, 그리고."

굳지 보지 않아도 느낄 수 있었다.

오경의 품속에 진호가 찾는 게 있다는 것을.

손을 뻗어 그의 품속에서 광익을 꺼내 들었다.

“…너도 간만이군.”

그의 손에 들려 반가운 듯 낮은 울음을 토해내는 광익에게 진호도 가볍게 미소를 지어 주었다.

여전히 남운령은 고요히 눈을 감고 있었다.

상냥한 눈으로 그녀를 바라보던 진호는 이내 다른 곳으로 몸을 날렸다.

남운령을 여기서 계속 재울 수는 없는 노릇이었다.

한줄기 번개가 사고로 가득했던 산의 능선을 타고 사라졌다.

第十章
막간(幕間)

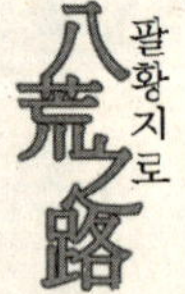

부드러운 햇살에 눈을 떴을 땐 이미 한낮의 태양이 중천에
떠 있었다.

아직 잠이 덜 깬 멍한 눈으로 주변을 둘러보았다.

온몸에 무게추라도 얹어놓은 듯한 뻐근함에 남운령은 기
지개를 쭉 폈다. 그 답답함이 조금은 사라지기를 기대하며.

안타깝게도 여전히 몸은 무거웠고, 눈꺼풀도 지극히 무거
운 것이 다시 당장에라도 잠에 빠져들 것 같았다.

그것도 어쩔 수 없는 것이 그녀는 장장 일주일이 넘는 시간
동안 거의 잠도 자지 못하며 쫓긴 신세였다. 얼마를 잤는지는

몰라도 여섯 시진은 더 잘 수 있을 것 같았다.

"하암."

그런 그녀의 마음을 대변이라도 하는 건지 길게 하품이 새어 나왔다.

부스스한 머리에 눈가에는 샛노란 눈곱이 대롱 매달려 있고, 퀭한 눈을 한 미녀가 입이 쩍 벌어져라 하품을 하는 모습은 절대 쉽사리 보기 드문 장면이었다.

그녀는 습관적으로 입을 가로막으며 왠지 모를 푸근함을 느꼈다.

방 안의 모든 것이 그녀의 마음을 편하게 하고 있었다.

따뜻한 햇살, 가볍게 뺨을 쓰다듬는 바람, 방 안에 흐르는 은은한 향, 그리고 지켜보는 시선 하나.

"응?"

그녀는 깜짝 놀라며 고개를 돌렸다.

"응?"

그녀와 똑같이 말하는 이가 있었다. 벽을 등지고 선 진호가 그녀를 바라보며 산뜻한 미소를 지었다.


"세상에… 섬세함이랑은 담을 쌓았어요?"

그녀는 한숨을 내쉬며 이불을 올려 얼굴을 가렸다.

"더 자고 싶으시거든 얼마든지 그러세요."

동문서답.

“그렇게 계속 보고 있을 거예요?”

“예.”

대답은 빨랐다.

“나가주시지 않겠어요?”

“오랜만에 이야기 하는 건데 너무 매정하네요.”

“……”

그녀는 잠시 귀를 매만졌다.

무언가 잘못 들었나. 그런 생각마저 들었다.

분명 그녀의 기억 속 진호는 저렇게 말하는 사람이 아니었
는데…….

“아니, 필요 없다고 내팽개친 사람이 이제 와서 그래봐야
늦었다고 생각 안 해요?”

그녀는 다소 새치름하게 토라진 목소리로 말했다.

물론 농담 반에 진심도 반 정도는 섞여 있었지만.

“그건 좀 제 자신을 변호할 필요가 있겠네요.”

“…어디 한번 해봐요.”

진호의 말대로 그 위기를 겪고 할 말은 아니었지만, 왠지
모르게 쌓인 작은 앙금에 그녀는 자신도 모르게 툴툴대고 있
었다.

그 전까지는 그렇게 보고 싶었는데 왜 지금 와선 이렇게 말

이 나오는 걸까?

그녀의 생각은 진호의 입에서 소리가 흘러나옴과 동시에 끊어져 버렸다.

"솔직히 그쪽에 대해서는 제가 용서를 구할 게요."

"뭘 잘못했는지나 알고 그러는 거예요?"

목소리가 다소 샐쭉해졌다.

"아뇨, 소저의 말과 감정에 동조해 주지 못할 것 같아 미리 용서를 구하는 겁니다."

"…네?"

"그때엔 그게 최선의 선택이 맞으니까요. 물론 그 선택까지 도달한 공식은 틀렸지만."

"그게 무슨 말이에요?"

고운 아미를 일그러뜨리며 그녀가 물었다.

진호는 표정 하나 변하지 않고 미소 짓는 그대로 답했다.

"좋아하는 사람을 끌고 반쯤 사지로 들어갈 수는 없는 거니까요."

"……."

"잘 못 들으셨으면 다시 한 번 말해드릴까요?"

그녀는 맹렬한 속도로 고개를 끄덕였다.


그 꿈 속 새하얀 세상에서 진호가 본 분홍빛의 목소리는 남운령의 것이었다.

분명 그 꿈속에서 진호는 그 목소리를 건드리지 않았었다.

하지만 그럼에도 진호는 그 목소리를 기억하고 있었다.

굳이 꿈에서 듣지 않아도 충분히 기억하고 있었으니까.

진호는 스스로에게 솔직해지기로 했다.

절대 고개를 돌리지 않기로 했다. 더 이상 도망가지 않기로
했다.

"좋아하는 사람 정도는 어떻게든 지켜보려고 한 거니까
요."

그렇기에 진호는 그녀에게 입을 열었다.


"남 소저는 여기서 몸을 회복하세요."

그녀는 고개를 끄덕였다.

무언가 살짝 불만이 있는 것 같았지만, 금세 옅게 떠오른
홍조 속에 사라져 버렸다.

"혹시 어디 아픈 건 아니죠? 뭔가 이상이 생겼거나? 예를
들면 머리에?"

그녀는 혹시나 하는 마음에 물었다.

"그랬으면 좋겠습니까? 정신 나가서 한 말이면 좋겠습니
까?"

그녀의 긴 머리카락이 날릴 정도로 맹렬히 고개가 좌우로

저어졌다.

"저도 맨 정신이 아니고서야 의미가 없으니까요."

진호는 창문을 열었다.

신선한 공기와 함께 따스한 햇살이 창틀 너머로 스며 들어와 전신을 따뜻하게 감싸 주었다.

"따뜻하군요."

"…그러게요."

두 사람은 시선을 마주하며 함께 미소 지었다.

"깨달음을 하나 얻었습니다."

"…정말인가요?"

그녀는 탄성을 내질렀다. 적들을 조롱할 때를 제외하면 진호는 스스로의 평가에 있어 엄격한 편이었다. 그 엄격함이 도를 지나칠 정도라는 걸 그녀는 누구보다 잘 알고 있었다. 그런 진호의 입에서 깨달음을 얻었다는 말이 나왔다는 건 무엇을 의미하는 걸까? 그녀는 알 수가 없었다.

"그리 거창한 것은 아닙니다만. 분명 얻은 것이 있었습니다."

그와 함께 진호는 자신의 이야기를 털어놓았다.

그녀에게 말하지 않은 이야기, 팔황에 관한 이야기를.

그녀는 놀라고 다소 서운해 하면서도 기뻐하고 있었다.

"그러니 안심하셔도 됩니다. 이제는 정말 문제가 없으니까요."

진호의 말은 담담했지만 자신감에 가득 차 있었다.

분명 칼날 위에 맨발로 서 있는 듯 보였던 예전과는 틀렸다.

같은 확신이라고 해도 분명 지금의 진호의 말은 무조건 신뢰할 수 있을 것 같았다.

"안심하고 쉬고 계세요. 아마 몸이 회복되었을 무렵에는 모든 일이 끝나 있을 겁니다."

"알겠어요."

그녀는 순순히 고개를 끄덕였다.

정말 믿을 수 있었으니까.

예전 모닥불 앞에서의 그때와는, 사지로는 혼자만 가겠다는 생각이 너무 뻔히 보였던 그때와는 다르다는 것을 알 수 있었다.

"…대신 말이에요."

"……?"

진호의 고개가 갸웃하고 기울어졌다.

"언제까지 그렇게 딱딱하게 부를 거예요?"

"…아아."

진호는 잠시 눈을 감았다.

"그러니까 마음 놓고 푹 쉬어. 금방 다녀 올 테니까. 영매."

그녀는 대답 대신 활짝 미소를 지었다.

따사로운 햇살.

그 아래 웃음 짓는 남운령의 모습은 정말 너무나도 아름다
웠다.

第十一章
종전(終戰)

피를 부정했다.

그 피가 너무 더럽다고 생각했으니까.

하지만 그 피는 전신 구석구석 어디 하나 닿지 않는 곳이 없었다.

피를 짙게 타고 난 덕분이다.


피를 인정했다.

그렇지 않으면 비어버린 눈의 원한을 갚을 수 없으니까.

피에 순응하는 것만으로도 엄청난 힘이 흘러 들어왔다.

지금까지의 방황이 다 바보 같을 정도로.

같은 피를 타고난 이들을 모두 휘어잡았다.
반항하는 이는 죽이고, 필요 없는 이도 죽였다.
위협이 되는 이도 죽였다.
그들 중 가장 피를 짙게 타고 난 쪽은 이쪽이었다.
그렇기에 이제 거의 모든 이의 위에 서게 되었다.

비어버린 눈은 때를 가리지 않고 엄청난 격통을 일으켰다.
그 고통은 지독한 원한이 되었고, 그 원한은 더할 나위 없는 동력이 되었다.
두근두근하는 마음으로 기다렸다.
그가 다시 나타나는 것을.
너무나도 안타깝게 마무리 짓지 못한 원한이 다시 모습을 드러내기를.
아쉬우면서도 두근거림이 멈추지 않는 것은 짙어진 피가 이젠 미쳐 버려서 일까?
생각할 때마다 두근거려 이제 그를 증오하는 건지 좋아하는 건지 구별조차 할 수 없었다.
분명한 것은 그를 죽이는 것은 이 손이여야 한다는 것.
난도질하고, 파헤치고, 뽑아버리고, 비틀어 버리고 싶었다.

그렇기에 기다렸다.

그가 다시 나타나는 것을.

＊　　　＊　　　＊

이번 보름. 황보은정의 죄를 물으러 가겠다.


황보세가의 기둥에 박힌 화살에는 그런 내용의 편지가 박혀 있었다. 보름까지 칠 일 남은 날의 밤이었다.

그리고 하루가 지났다.

황보세가의 자금줄 중 가장 큰 황곤상단(黃坤商團)이 하루 아침에 사라져 버렸다.

황보의 이름을 이은 모든 이는 무공이 전폐되어 있었고, 재산은 모두 사라져 버렸다. 사라진 재화의 행방은 간단했다. 근방의 백성들의 집에 거의 균등히 나뉘어져 있었으니까.

상단의 벽면에는 '육 일 남았다' 라는 문구가 적혀 있었다.

다음 날은 황보세가의 인재 중 일부를 맡아 육성하는 태황무관(胎黃武館)이 무너졌다.

황보세가의 정예라 불릴 만한 이가 잔뜩 있어 웬만한 문파 전력을 훨씬 상회하는 곳이었다.

하지만 다음 날 남은 것은 모든 무공이 전폐된 무사들뿐이었다.

그들은 완전히 얼이 나가 버린 표정으로 그저 하늘만 바라보고 있었다.

어떤 일이 있었는지 정확히 알아보려 해도 답할 수 있는 이는 하나도 없었다.

벽면에는 '오 일 후에 보자' 라는 문구가 적혀 있었다.

그 다음 날은 정현문(鼎賢門)이 무너졌다. 황보세가의 장인 가문이라 불릴 정도로 그들과 많은 유착을 한 곳이었다. 당연히 그들의 힘 또한 무시무시했다.

하지만 다음 날 반쯤 타버린 장원과 모든 무공이 전폐된 사람들만이 남아 있을 뿐이었다.

'이제 나흘.'

벽면에는 그렇게 적혀 있었다.

다음 날은 소현상단(素現商團)이, 그 다음 날은 임도표국(壬刀鏢局)이, 그리고 하루 전날에는 황보세가의 가장 큰 재산인 산동 제남의 명물 황천루(黃天樓)가 완전히 전소해 버렸다.

사람들은 놀람을 금지 못했다.

황보세가가 그렇게 무기력하게 팔다리가 잘려 나가는 장면을 보리라곤 상상조차 하지 못했기 때문이었다.

그리고 무엇보다 그 모든 것을 행하는 이가 단 한 명의 청년이라는 사실 때문이었다.

더 놀라운 것은 황보세가가 넋 놓고 바라만 보고 있지는 않았다는 점이었다.

황보세가는 나름의 전력을 다해 매일매일을 맞섰다.

태황무관에는 사단(四團) 중 하나인 염황대(炎黃隊)가 있었다.

황보세가 제일의 권력(拳力)을 자랑하는 그들은 팔이 모두 부러지고 힘줄이 끊어져 제대로 힘조차 쓰지 못할 폐인이 되어 있었다.

그 다음 날 정현문에는 제갈세가로부터 지원받은 진법가와 장로들이 있었다.

하지만 그 어떤 진법 중 제대로 작동한 것은 없었다. 오히려 역으로 제압당한 진법이 시전자들을 가두어 정현문은 아비규환의 지옥을 방불케 했다.

진법가는 모두 백치가 되었고, 장로들은 단전이 뭉개져 그저 허약한 노인이 되어버렸다.

다음 날 구파와 친분이 두터운 소현상단에는 황보세가의 전력 이외에도 소림과 무당의 무승과 도사들이 몰려와 눈을 부라리며 적에 대비했다. 그러나 그들의 고련으로 쌓은 적공은 한 줌 먼지처럼 사라졌다.

검은 꺾이고, 주먹은 부러졌다.

그 무명을 세상에 떨치는 무당과 소림의 정예도 한낱 침입

자 하나를 막아내지 못했다.

다음 날도, 그 다음 날도 마찬가지였다.

압도적인 무력.

그를 상대하는 것은 마치 망망대해에 한 움큼의 물을 부어 넣는 기분밖에 들지 않았다.

소림방장의 사형, 공오(쏜悟)는 그의 무위를 그렇게 설명했다.

구파와 오가는 그야말로 혼란에 빠질 수밖에 없었다.

한 명에게 휘둘릴 대로 휘둘리는 모습이 만천하에 알려지고 있었다.

이미 그들의 권위는 바닥에 떨어질 대로 떨어지고 있었다.

결국 그들은 결심을 했다.

힘을 하나로 모아 그 강대한 적을 상대하자고.

*　　*　　*

약속의 날이 밝았다.

황보세가의 정문은 그야말로 초긴장 상태에 잠겨 있었다.

안 그래도 보름 전 가문 전체가 뒤흔들린 커다란 혈사가 있었기에 그 충격이 가시지 않았던 세가는, 연달아 터진 이 일에 극도의 혼란 상태에 빠져 있었다.

가문의 누구도, 너 나 할 것 없었다.

언제나 자신들이 가진 막대한 힘을 맹신했기에, 그 믿음이 무너져 가는 모습은 더할 나위 없는 충격이 되어 다가왔다.

이 일에도 그나마 평정 비슷한 상태를 유지하는 이는 세 명뿐이었다.

일 공자와 그를 따르는 이들을 숙청하고 소가주의 직위에 오른 황보은정과, 그녀를 그 자리에 올린 태상장로 황보무정, 그리고 세가주 황보천후 뿐이었다.


황보세가의 모든 전력이 정문 앞에 모여 적을 기다리고 있었다.

"……."

황보무정은 눈을 감았다.

어디서부터 이 모든 게 뒤틀린 것인지.

산전수전을 모두 겪은 백전노장이자 철혈의 무인인 그조차도 이런 상황을 상정해 보았을 리는 없었다.

도대체 어떻게, 얼마나 강해진 건지.

그조차도 알 수 없었다.

분명 궁지에 몰았을 그때의 경지는, 강하긴 하지만 상대하지 못할 정도는 아니었다.

하지만 이 칠 일 동안 확인한 것은 과연 구파와 오가가 감당할 수 있을지 알 수 없는 괴물이 나타났다는 사실 하나뿐이었다.

황보은정을 저리 만든 자신의 행동을 후회하진 않았다.

황보은정은 누구보다 황보세가에 어울리는 인물이었다.

그녀는 비정하고 흉폭하며 또한 강했다. 그야말로 황보의 표본과도 같은 그녀가 아닌 다른 이가 가주가 된다는 것은 황보무정에게 있어 있을 수 없는 일이었다.

하지만 지금의 상황을 어떻게 해야 할 지는 도저히 감조차 오지 않았다.

자신에게 가문의 전권을 맡기고 폐관에 들어갔던 가주 황보천후는 도저히 무엇을 생각하는지 알 수 없는 얼굴로 정면을 응시하고 있었다.

그는 지극히도 합리적인 인간이었다. 어차피 일어난 일의 책임 소재는 후순위로 처리할 일이었다. 가장 시급한 것은 적의 퇴치. 그놈을 처리할 때까지 그는 자신과 황보은정에 대해 어떤 말도 꺼내지 않을 것이었다.

황보은정의 모습이 보이지 않았다.

어제부터 두문불출한다더니 오늘에 와서는 찾을 수가 없었다.

상관없었다.

그녀는 절대 자신의 일을 회피하지 않는다.

적을 두고 도망치지 않는다.

그것이 황보의 피니까.

어떤 식으로든 그를 맞설 준비를 하고 있겠지.

그렇다면 자신이 신경을 쓸 필요는 없었다,

중요한 것은 이제 곧 닥쳐올 적을 막아서는 것뿐.

"온다!"

누군가 소리쳤다.

모두의 시선이 앞으로 향했다.

뚜벅뚜벅.

그리 크지 않은 발소리가 마치 대지를 격동시키는 것처럼 들리고 있었다.

황보세가의 거의 모든 이는 극도의 긴장을 감추지 못한 채 정면에서 눈을 떼지 못했다.

성큼성큼 다가온 이는 앞에 줄줄이 늘어서 적의를 풍기는 황보세가를 보더니 입꼬리를 스윽 하고 끌어올렸다.

"이제 이 지겨운 악연에 종지부를 찍어보자고."

진호는 앞을 바라보았다.

진호의 손에 의해 많은 이가 빠져 있었지만, 그럼에도 이백에 가까운 인원이 버티고 서 있었다.

하지만 상관없었다.

얼마 전의 자신이라면 모르되 지금의 진호에게 있어 숫자
란 그리 큰 의미를 가지는 변수가 아니었다.

"천뢰(天雷)."

진호가 속삭이듯 입을 여는 순간.

우르릉거리는 소리와 함께 하늘에서 벼락 한줄기가 떨어
져 진호에게 내려꽂혔다.

그 힘과 함께 진호는 말 그대로 번개가 되어 있었다.

"천려일실(千慮一實)."

천 가지 시도 중 하나의 실수가 아닌, 천 번의 고련으로 얻
는 열매란 뜻의 기예(技藝).

다시 들어간 도원경에서 깨달은 공(功)이 진호의 손을 통해
펼쳐졌다.

팔황 중 유일하게 탈속(脫俗)한 이이자, 과거 중원에서 성
인(聖人)이라 불리며 갖은 존경을 다 받았던 불성(佛聖)의 무
공이 시간을 뛰어 넘어 현세에 모습을 드러냈다.

진호의 몸은 말 그대로 강철이 되었다.

천갑의 강화.

천려일실의 힘은 정(情), 기(氣), 신(身)과 기(技)의 강화에
있었다.

정신을 두텁게 하고, 기를 증폭시키며, 신을 북돋아준다. 그리고 기술(技術) 자체의 힘마저 끌어올리니 그야말로 그 위력은 단순한 주먹질조차 경천동지한 위력으로 만들어 냈다.

하물며 뇌화를 발전시킨 천뢰(天雷)를 강화시킨다면 그것은 더 말할 필요가 없었다.

단전의 기운이 내딛는 발 속 용천혈을 뚫고 나오며 낙뢰보와 함께 천뢰가 사방을 내달렸다.


반쯤 남아 있던 사자대도, 전력을 보존하고 있던 진건단(振乾團)도 번개가 되어 내달리는 진호를 막아낼 수가 없었다.

보이지도 않았고, 인식했을 무렵은 이미 통제를 잃은 몸이 바닥에 주저앉고 있었다.

그 모습은 그야말로 경이적이었다.

장로들이 필사적으로 날뛰고 황보세가의 정예들이 온갖 발악을 다하며 눈앞의 한 명을 막아내려 했다.

하지만 모두 헛된 몸부림이었다.

사람은 빛을 잡을 수가 없다.

그건 자연의 섭리이다. 과거 어떤 현자가 말했다. 빛은 일순에 칠십육만 리(理)를 내달린다고. 그런 빛을 고작 사람의 힘으로 잡을 수가 있겠는가?

그러니 번개를 쫓지 못하는 것 또한 어찌 보면 당연한 일이었다.

그는 정말 말 그대로 웅장하고 거대한 번개였다.

남은 이들 중 가장 강한 두 사람, 황보무정과 황보천후의 눈이 마주쳤다.

두 사람이 하지 않으면 이 자리의 누구도 무소용하다는 것을 알아챘기 때문이었다.

두 사람이 동시에 앞으로 나섰다.

거의 극성에 도달한 황금사자투기가 양쪽에서 동시에 솟아올랐다.

그 모습은 말 그대로 황금빛 서기(瑞氣)에 둘러싸인 두 마리의 사자와도 같았다.

그리고 그들은 너무나도 푸른 번개와 정면으로 부딪혔다.

쿠웅! 쾅!

대지가 격동하고 초목이 벌벌 떨 정도의 폭발음이 그들의 사이에서 터져 나왔다.

바라보고 있는 것만으로도 내장이 진탕되어 어느 누구도 내상을 입지 않은 자가 없었다.

뱃속이 뒤틀어지는 고통과 함께 입가에 피를 흘리면서도 누구 하나 시선을 떼지 않았다.

진호의 움직임이 멈추어 섰다.

결과가 어떻든 간에 막지 못했던 번개를 어떻게든 세워낸 것이다.

흙먼지가 자욱하게 피어올라 사방을 가리고 있었다.

모두들 숨을 죽이고 그 결과를 지켜보았다.

하지만 흙먼지가 가신 뒤 드러난 것은 그들의 바라던 광경과는 거리가 멀었다.

길쭉한 두 개의 작대기가 바닥에서 퍼덕대고 있었다. 주변은 붉은색으로 질펀히 젖어 있었다.

조금만 자세히 들여다보아도 퍼덕이는 작대기가 팔이라는 것을, 그리고 질펀거리는 붉은색의 액체가 피라는 것을 알 수 있었다.

진호는 두 팔 두 다리가 건재한 채로 굳건히 버티고 서 한 팔씩을 잃어버리고 무릎을 꿇은 두 사람을 내려다보았다.

황보천후와 황보무정 전부 평생을 남 위에 서 있던 이들이었다. 그런 그들에게 진호의 깔아 보는 눈은 더할 나위 없는 치욕이었다.

하지만 어쩔 수 없었다.

진호의 몸이 다시 한 번 번개로 화하는 순간, 그들의 의식은 완전히 끊어져 버렸으니까.

쿵.

두 사람의 동체가 바닥에 널브러지고, 그와 동시에 이 자리에 있는 모든 황보세가의 무인은 싸울 의지를 잃어버리고 말

있다.

　진호는 그들의 무공을 전폐시켰다.

　그리고는 광익을 꺼내들었다.

　광익은 진호의 기운과 동조해 허공에 뜨더니 한쪽 방향을 가리켰다.

　진호는 고개를 끄덕이고는 그곳을 향해 나아갔다.

　벌컥.

　문을 열고 들어섰다.

　제법 커다란 내부는 무척이나 위압적인 분위기를 풍기고 있었다.

　"황보세가에 온 것을 환영해."

　황보은정은 그 가운데 마련된 휘황찬란한 권위적인 의자에 앉아 진호를 반갑게 맞이했다.

　"미쳤군."

　진호는 떠오른 감상을 한 단어로 표현했다.

　"…평상시에도 미쳐 있는 것이 우리 집안의 특징이라 말이야."

　그녀는 어깨를 으쓱거렸다.

　"그래도 너보단 널 미친 것 같은데 말이지. 어떻게 혼자서 이딴 짓을 벌릴 수가 있지?"

"강하면 모든 게 허용된다. 그것이 너희들이 내세운 강호의 논리 아니었나?"

"…그럴 듯한데?"

그녀는 깔깔거리며 팔걸이를 두들겼다.

"정말 아까워. 원래의 예정대로라면 절대 그렇게 서서 내려다보지 못할 텐데 말이야. 무릎 아래를 잘라 버리려고 했으니까. 거기에 양 눈 모두를 파니 보는 것도 안 되겠고. 어쩌다가 이렇게 꼬인 거지? 정말 안타까운 일이야."

갑자기 정색한 얼굴로 뒤바뀐 그녀는 말들을 줄줄 늘어 놓았다.

"좋아, 어쩔 수 없지. 이번엔 네가 이겼어. 축하해. 나를 죽일 수 있게 되어서."

"……."

"원한다면 범해도 좋아. 네 맘대로 하는 건 그야말로 승자의 권리니까."

"큭."

정말 제대로 미쳤군.

진호는 실소를 머금었다.

지금 진호의 눈에는 보였다.

황보은정 주위에 자리한 검은 기운이 오히려 그녀를 먹어치우려 하고 있음을.

보나마나 숨겨진 절공 중 하나일 것이다. 막대한 힘을 대가로 통제하지 못하면 그 즉시 먹혀 버리는, 일종의 마공과도 다름이 없는 종류겠지.

실제로 그녀는 반쯤 먹혀 버린 상태로밖에 보이지 않았다.

"하지만 말이야. 네 승리가 언제까지 지속될까? 우린 패해도 돼. 단 한번만 이기면 되니까. 하지만 넌 다르지. 한 번만 져도 네 목은 잘리고, 네 소중한 여자는 약에 절여 홍등가에나 팔려가겠지."

그녀는 입가를 비틀며 조소했다.

"구파와 오가는 중원 그 자체야. 중원 전체를 이기려는 것은 그야말로 어불성설이지. 너는 언젠간 반드시 패배하게 될 거야. 중원의 힘에 눌려서 말이야. 지금의 승리에 기뻐하라고. 나는 언젠가 있을 네 패배를 기다릴 테니까."

"큭큭."

진호는 웃으며 그녀에게로 다가갔다.

"미안하게 됐군. 애초에 그건 상정했던 바였어. 전 중원이 적이 되는 것쯤은 말이야."

진호는 사부들의 말을 떠올렸다.

자신들의 힘을 능히 모아 익혀낸다면 중원 전체와 싸워도 모자라지 않으리라던.

그 말은 틀리지 않았다.

"보여주지. 그 증거를 말이야."

진호의 신형이 갑작스레 사라지더니 황보은정의 눈앞에 홀연히 나타났다.

그녀가 반응할 사이도 없었다.

진호의 행동은 말 그대로의 의미의 빛이었다.

"꺄악!"

한줄기 비명.

그녀의 남은 눈에서 핏줄기가 솟아올랐다.

진호의 손에는 아직 생기를 잔뜩 머금은 눈동자가 둘려 있었다.

"너는 이제부터 아주 먼 여행을 떠날 거야. 그러니 그 증거는 네 눈을 통해 보게 해주지."

"…아악!"

황보은정이 비명을 지르던 말던 진호의 손이 복잡하게 움직이더니 갑자기 그를 중심으로 짙은 어둠이 꿀럭꿀럭 흘러나오기 시작했다.

그리고 이윽고 어둠은 주저앉아 있는 황보은정에게로 다가가 그녀를 그대로 삼켜 버렸다.

황보은정이 있던 자리에는 그녀 대신 거대한 검은 구체가 생겨났다.

"사영(邪靈) 비전(秘傳), 무간지옥(無間地獄). 의미 그대로의 지옥의 축소판이지. 아주 즐거울 거야. 네 죄를 강제로 느끼고 체험하며 즐거워하라고. 그게 너 같은 미친년에게 어울리는 결말이겠지.”

상성이 맞지 않았던 이의 기예조차 이제는 그리 무리가 없었다.

세상 모든 주술(呪術)의 주인(主人)이라 불리는 사영의 기예도, 천존의 도술과 진법도 이제는 그리 문제가 없었다.

“꺄아아아아~”

검은 구체 속에서 진호만이 들을 수 있는 비명 소리가 터져 나왔다.

저 구체는 진호만이 볼 수 있고, 진호만이 만질 수 있으며, 진호만이 없앨 수 있었다.

한마디로 진호가 풀어주지 않는 이상 그녀는 무간지옥에서 빠져나올 수 없었다. 저 술법은 실제 지옥에 구멍을 뚫어 대상을 던져 넣는 방식이니 황보은정은 그야말로 산 채로 지옥에 던져진 셈이었다. 산 자는 망자의 공간에선 죽지 않는다. 다만 섭리를 벗어난 대가로 영원히 고통받을 뿐.

진호는 검은 구체를 보며 잠시 생각에 잠겼다.

어떻게 보면 모든 일의 시작이 바로 그녀에게서 나왔다고 볼 수 있었다. 만일 그녀가 돕지 않았다면 반월도의 계획은 흐지부지 사라질 수도 있었다.

"품은 원한이 조금 더 줄어들기를. 그들의 어깨가 이제 좀 가벼워지기를."

진호는 반월도에서 희생된 육백삼십일 명의 영혼에게 인사하듯 고개를 숙였다.

물론 아직 다 끝난 것은 아니었다.

칠영단이 남아 있었다.

물론 이제 와선 그다지 고생거리가 될 수도 없겠지만.


그때였다.

"무림공적 진호는 나와 정의의 심판을 받으라!!"

사자후(獅子吼)가 천지사방을 뒤흔들었다.

진호의 입가에 다시금 조소가 어렸다.

밖으로 나오자 그를 기다리고 있는 것은 수천의 무리였다.

얼핏 잡아도 이천은 되어 보이는 이들.

그들은 각 무리마다 다른 복장을 하고 있었으며, 하나같이 제법 무시무시한 기세를 내뿜고 있었다.

그들은 남은 구파와 오가의 무리였다.

황보세가의 위기와 진호의 무위에 경각심을 느끼고 그들이 가진 최고의 패들을 아낌없이 부어 한 자리에 모이게 했다.

그 전력은 그야말로 남은 중원 전체의 힘과 싸워도 모자라지 않을 정도였다.

"감히 중원의 질서를 어지럽히려 하다니, 질서를 영도하는 구파와 오가의 이름으로 너를 용서치 않겠다!"

무리 속에서 누군가의 외침이 울려 퍼졌다.

진호는 지붕 위에 발을 디디고 서 그 광경을 지긋이 바라보았다.

제각각 무언가 열변을 토하며 진호를 성토하고 있었다.

그 광경이 정말 팔황의 추종자들과 조금도 다르지 않았다.

역시 그들과 이들의 차이는 정말 종이 한 장 정도였다.

누가 더 강하고, 누가 더 빨리 권력을 잡았는가의 차이일 뿐이었다.

"전원 중원의 공적을 처단하라!!"

"우오!!"

뭐라고 열변을 토하던 이들이 일제히 진호를 향해 몸을 날렸다.

진호 또한 지붕을 박차고 하늘 위로 날아올랐다.

*     *     *

진호가 스스로의 감정을 솔직히 바라볼 수 있게 되었을 때, 진호는 다시금 도원경으로 발을 들여놓을 수 있었다.

그곳에서 얼마의 시간을 보냈을까?

"드디어 자력으로 이곳에 오게 되었구나."

진호를 가장 먼저 반긴 것은 여전히 엄청난 위압감을 풍기는 무신이었다.

그 천지를 아우르는 위압감이 너무나도 그리웠던 탓일까? 자신도 모르게 눈물 한 방울이 흘러나왔다. 덕분에 무신에게 두고두고 놀림을 받았지만.

"솔직히 확신을 할 순 없었다. 네가 이리로 다시 올 수 있으리라고 말이다. 하지만 분명 우리가 계속 함께하다가는 평생이 가도 힘들 것 같았지. 결정적인 순간에 너도 모르게 우리를 의지할 것이고, 그것은 결국 고개를 돌리는 도피와도 같은 행동이니까."

이제는 무신의 말을 이해할 수 있었다.


진호는 도원경에서 많은 시간을 보냈다.

아니, 단지 장기 한 판을 둔 시간일 수도 있고, 도끼 자루가 썩어버릴 만큼 긴 시간일 수도 있었다.

도원경은 선계(仙界)에 반쯤 발을 걸친 곳, 현실의 시간과는 동떨어져 있었다.

예전처럼 수련만으로 경지가 늘지 못하는 그런 문제도 없었다. 그야말로 이 도원경은 진호에게 있어 더할 나위없는 수련 장소였다.

거기에 광익은 진호에게 많은 도움을 주었다.

애초에 광익을 이루는 광형백철은 중원에서 나는 광석이 아니라고 했다. 선계에 닿아 있는 어떤 곳에서 흘러나온, 그야말로 귀물(貴物)이라고 했다. 자격 있는 자에게 힘을, 정확히는 그 의지를 더욱 굳건하게 하고 의지 자체가 구체적인 힘을 가지게 했다.

황보세가에서 황보은정을 찾은 것 또한 비슷한 원리였다. 진호의 의지가 광익을 통해 나타나 그녀가 있는 곳을 가리켰던 것이다.

시간이 흐르고 진호가 자격을 갖춤에 따라 다른 팔황의 절기를 모두 습득할 수 있게 되었다.

세상 그 무엇보다 빠른 광룡(光龍)의 힘도.

그 무엇보다 단단하고 정순한 불성(佛聖)의 힘도.

모든 독의 조종(祖宗)인 독황(毒皇)의 힘도.

만개의 진법과 도술을 깨친 천존(天尊)의 힘도.

세상 모든 주술의 주인인 사영(邪靈)의 힘도.

진호는 모두 받아들일 수 있었다.

물론 그들 모두를 전부 녹여내지는 못했다.

그것은 언젠가 이뤄낼 목표이자 걸어야 할 길이었다.

하지만 그 모두로부터 진호 나름대로의 결과물을 낼 수 있었다.

＊　　　＊　　　＊

팔황이 준 선물이었던 내단은 이미 전부 진호의 단전 속에 녹아 있었다.

그 기운이 진호의 의지가 일어남에 따라 격동 쳤다.

그리고 진호가 살아오고, 겪고, 싸우고, 고뇌하고, 수련한 모든 기억과 경험을 담아 격렬히 움직이기 시작했다.

진호가 그려낸 심상은 시작의 일권.

처음 도원경에서 본 무신의 주먹.

세상의 반절을 의미 그대로 박살 냈던 그 주먹을 그려냈다.

진호가 배우고, 익히고, 깨달은 모든 것이 주먹 하나에 응집되었다.

진호의 주먹이 허공을 가르며 천천히 나아갔다.

그리고 그 주먹으로부터 무수한 파문이 퍼져 나오고 있었다.

그 파문들이 허공으로 퍼지며 세상을 흔들었다.

하늘이 진동하고, 땅이 격동하며, 산이 떨고 있었다.

파문이 그리는 동심원은 점점 커져 이윽고 아래에 위치한 구파와 오가의 무사를 모두 덮었다.

그리고.

쨍.

무언가가 깨지는 소리가 들렸다.

그와 동시에 진호의 발아래에 있는 모든 이가 자신도 모르게 주저앉았다.

그들은 자신의 몸에 일어난 현상을 이해할 수가 없었다.

몸에 힘이 느껴지지 않았다.

언제나 끝없는 활력을 주던 내공이 단 한 톨도 느껴지지 않았다.

"영겁(永劫)."

진호는 나직이 중얼거렸다.

방금 뻗어낸 권의 이름.

영원한 시간을 일컫는 말이자, 영원히 멈춰 서지 않겠다는 진호의 의지를 나타내는 말이기도 했다.

전투는 그걸로 끝나고 말았다.

모든 이가 싸울 의지를 잃고 말았다.

그리고 싸울 의지를 잃은 이들을 굳이 죽일 필요도 없었다.

세상은 충격에 빠졌다.

중원의 중심을 자처하고 언제나 최강의 상징이었던 구파와 오가가 단 한 사람에게 패하고 말았다.

믿을 수 없는 소식이었지만, 이내 문을 걸어 잠그고 봉문을 선언하는 구파와 오가를 보며 그 말을 믿을 수밖에 없게 되었다.

무신(武神).

진호가 가장 따르던 사부이자, 진호와 가장 깊은 교감을 나누었던 이의 별호가, 이제 진호의 것이 되었다.

사람들은 진호의 이름 앞에 무신이란 칭호와 함께 무한한 경의를 보냈다.


그리고 어느 날 칠영단의 본단이 사라져 버렸다.

혹자는 그들이 도망쳤다고 주장하기도 했으나 대다수는 그들이 무신 진호에 의해 모두 죽었다고 말했다. 아무리 생각해도 그것밖에 말이 되지 않았으니까.


구파와 오가가 문을 걸어 잠갔다고 해서 세상이 바뀐 것은 아니었다.

하지만 분명 무언가의 씨앗은 무림 깊숙이 자리 잡았다.

혼탁한 세상에 싹을 틔우고 자라나 새로운 세상을 만들 수도 있는, 그런 가능성의 씨앗이.

終

　사람은 혼자 살 수 없다.

　진호가 어릴 적 그토록 불행의 도가니에 갇혀 있었던 것도 그의 어미와의 교감이 불통이었기 때문이었고, 커다란 행복을 느낄 수 있었던 건 힘든 삶에서도 아이들과 교감했기 때문이었다.

　그리고 힘을 얻고 복수를 천명하는 동안 만족하지 못하고 언제나 불안했던 것은 사람을 잃는 것이 무서워 관계를 맺는 것 자체를 두려워했기 때문이었다.

　어떤 성과를 얻어도 혼자서는 아무것도 느끼지 못했다.

그렇기에 누구와 함께 있어도 사실은 혼자와 다를 바가 없었다. 팔황이 모두 진호를 떠나 도원경에 자리한 이유는 그 말을 전하고자 했던 것이다.

이제 진호는 행복을 찾을 수 있었다.

사부들을 온전히 바라볼 수 있고, 자신의 옆에 있어주는 사람을 똑바로 바라보며 그 감정을 서로 주고받을 수 있었다.

진호는 어깨가 가벼워짐을 느꼈다.

반월도 사람들의 영혼이, 아이들의 한이 진호의 어깨에서 떨어져 점점 옅어지고 있었다.

그들은 미소 짓고 있었다.

원한을 갚아주어서가 아니었다.

진호의 행복을 느꼈기 때문이었다.

진호는 그때서야 깨달았다.

이들이 진정 원하는 바는 순수하게 진호가 좀 더 행복하게 살아가는 것이라는 걸.

단지 자신이 분노에 눈이 멀어 깨닫지 못했을 뿐이라는 걸.

진호는 웃었다.

그의 웃음소리는 너무나도 후련해 참으로 시원하기 그지없었다.

저기 저 앞에 자그마한 집 한 채가 보였다.

그리고 너무나도 친숙하고 너무나도 반가운 기척이 느껴

졌다.

그녀, 남운령 또한 진호의 기척을 느끼고 달려나왔다.

그녀의 눈에는 눈물이, 그녀의 입가에는 한줄기 미소가 걸려 있었다.

"조금 오래 걸렸네."

그녀가 말했다.

전과는 다르게 말을 놓고 있었지만 그마저도 너무 친숙했다.

"그러게."

진호 또한 그렇게 답했다.

"가자."

그녀는 손을 내밀었다.

"우리의 길은 이제 막 시작했으니까."

진호는 웃으며 그 손을 잡았다.

그 손은 너무나도 따뜻했다.

입가에 걸리는 미소를 주체할 수 없을 정도로.

행복했다.

『팔황지로』 완결

도가선록
천새협로

**2012년 겨울, 전율적인 무협이 찾아온다!**
**정통 무협의 대가, 백야.**
**이번에는 낭인의 이야기로 돌아오다!**

# 「낭인천하」

어린 아들 둘을 이끌고 유주에 나타난 낭인, 담우천.
정체를 알 수 없는 낭인의 발걸음에 잠자고 있던 무림이 격동하기 시작한다.

**앞을 가로막는 자, 베리라. 내 가족을 노리는 자, 처단하리라!**

사랑하는 아내의 손을 잡는 그날까지
한겨울 매서운 삭풍을 뚫고
낭인의 무(武)가 천하를 뒤흔든다!

무정철협

# 무정철협

월인 新무협 판타지 소설



「두령」, 「사마쌍협」, 「장홍관일」의 작가 월인
2013년 벽두를 여는 신무협이 온다!

삭초제근(削草制根)!
일단 손을 쓰면 뿌리까지 뽑아버렸다.

무정(無情)!
검을 들면 더 이상 정을 논하지 않았다.

그래서 나는 무정철협이 되었다.

진정한 협(俠)을 아는가!
여기 철혈의 사내 이한성이 있다!

# 「무정철협」

Book Publishing CHUNGEORAM

# ALCHEMIST
# 알케미스트

FUSION FANTASTIC STORY  시이람 장편 소설

2013년, 또 하나의 현대물이 깨어난다.
현대에서 펼쳐지는 연금마법진의 진수!

인간 최초의 9서클을 이룩한 마법사 아스란.
죽음의 위기에서 그가 남긴 유지가
차원을 넘어 지구에 떨어진다.

**일리미트 비블리어시카(Illimite bibliotheca)!**

그 무한한 힘과 지식을 얻게 된 김창준.
3년 전으로 돌아간 날을 기점으로,
삶이, 인생이, 그의 희망이 바뀐다!

**현대에 강림한 진정한 마법사의 전설!
끝도 없이 세상을 향해 날개를 펼치다!**